AF456801

Raphaëlle

Déjà publié aux éditions Bookless :
Ebooks uniquement :
« Un petit clic et autres nouvelles » 01/05/2015
« Du coq à l'âme » poèmes – 25/09/2015
« Arlette Arlington et autres nouvelles » 10/05/2017
Ebooks et papier :
« L'auteure et autres nouvelles » 18/11/2018
« La dame qui poussait un fauteuil roulant avec personne dedans » Roman – 19/01/2019
« La décision » Nouvelles – 17/12/2019

Brigitte Lécuyer

Raphaëlle

Nouvelles

Bookless Editions

Janvier 2023
Isbn : 9782372226615

L'homme muet

L'homme muet n'est pas un mythe, il vit sur son île au large d'une mer de mots, cette mer peut être agitée ou relativement calme, comme tant de mers du globe. Chaque matin, des mots galets, des mots flottés s'échouent sur son rivage et il n'en fait rien. Il les contemple de sa tour et n'en ramasse aucun. Qu'en ferait-il, il n'aime pas parler et s'il a le sens du partage, il ne va pas offrir des bouquets de mots au premier venu, comme ça juste pour meubler l'air qu'il respire.
Parler : eh bien oui, il a pratiqué autrefois, histoire d'être comme tout le monde ; il faut bien se faire comprendre pour vivre parmi ses congénères, sa famille d'abord, ses camarades d'école et puis plus tard, ses copains de régiment et ses collègues aussi. Un jour pourtant, il a fallu qu'il rentre dans une banque pour ouvrir son premier compte, et un autre jour, il a dû prendre cet aller simple pour l'aventure de la vie.
Dès qu'il avait été en âge, il s'était mis au travail. Personne n'aurait pu dire s'il était motivé, parce

qu'il était si discret qu'on avait tendance à l'oublier, même sa mère, enfin surtout sa mère. Quant au son de sa voix, on savait qu'elle existait, mais c'était exceptionnel de l'entendre, il fallait tendre l'oreille, et pas de deuxième chance pour le distrait ! Plus tard, l'homme muet s'était rendu compte qu'il n'avait pas l'âme d'un conquistador et encre moins celle d'un aventurier, mais il était prêt à vivre des choses. Lesquelles, il n'en avait encore aucune idée. Parfois il devançait le troupeau et faisait bonne figure et si dans son entourage on ne cherchait pas vraiment à le cerner, on constatait qu'il ne rechignait pas à la tâche et qu'à défaut d'avoir la ferme intention d'avancer, il ne reculait pas ! Au moins, ses supérieurs devaient reconnaître qu'il n'était pas bavard, pas contestataire non plus, ce qui à une époque troublée, il fallait l'admettre, était une qualité indéniable.

Il avait même failli devenir cuisinier ! Failli seulement, car une fois la panoplie de couteaux acquise à grands frais par sa mère, il s'était rétracté. Habituée à ses revirements et à son caractère mutin, sa mère avait émis quelques remarques désobligeantes de plus, vite noyées dans le magma familial. L'homme muet n'étant pas spécialement gourmand, ni même gourmet, personne n'aurait pu expliquer ce choix ! Or, s'il avait du cran et des goûts ordinaires, son estomac était fragile, et sur ces maux-là, l'homme muet se taisait déjà. La vente ou les métiers de bouches ne l'intéressaient guère, on fit une croix dessus. Certes, il n'avait pas

été un cancre au sens noble du terme, ni même un vrai rebelle, mais pas un brillant élève non plus.
À cette époque reculée, quand un garçon semblait n'être intéressé par rien, on l'envoyait à l'armée sensée le mater et lui apprendre la vie. L'homme muet avait aimé se fondre dans cet uniforme, celui de collège Saint-Esprit étant devenu trop petit, celui des scouts le dimanche, un peu voyant, et c'est très naturellement, qu'il avait endossé celui de la Marine Nationale pour y faire son service militaire. Et c'est aussi parce qu'il s'était senti à l'aise dans ces habits-là, que l'homme muet avait apposé une signature illisible au bas d'un contrat, et qu'il était parti de chez lui pour un moment, chez lui, qui était si peu chez lui, déjà. Après, après, il aurait au moins un bagage, des valises de souvenirs et le travail ne manquerait pas.
Au quotidien, l'homme muet ne parlait jamais pour ne rien dire comme la plupart des gens qu'il connaissait ! Il lisait, mais il n'avait aucunement l'intention de commenter avec d'autres le livre qu'il avait tout juste fini, ni même le film qu'il venait de voir... et si on l'interrogeait, il ne trouvait rien d'autre à dire que : c'était bien ou c'était beau, ce qui déjà était une prouesse pour lui.
S'il reluquait les filles, les aborder relevait également de l'exploit. Or, celles qui voulaient tout savoir et rien payer, comprenaient vite que tout dialogue était inutile. L'homme muet, s'il savait rester discret, ne se mettait jamais en avant non plus, mais il avait le mérite de les faire rire. Elles

étaient censées le comprendre à demi-mot, et pour le reste, il avait la main douce.
L'enfance de l'homme muet avait été plutôt solitaire. Chez lui on ne parlait pas non plus, il n'y avait guère que sa mère pour deviser sans fin, et ses propos à son envers n'avaient rien d'agréable. Peu satisfaite de lui et de ses résultats scolaires en général, elle savait lui trouver des poux dans la tête et même quand il pensait que le chapitre était clos, elle revenait à la charge. Rien de ce qu'il semblait apprécier ne trouvait grâce à ses yeux. Quand par mégarde elle posait ses yeux sur lui, elle ne voyait que ce front buté, ce regard bas, ce silence, son entêtement grotesque à ne pas vouloir manger ce qu'elle lui collait dans son assiette, tout cela agaçait madame sa mère au plus haut point.
Heureusement pour elle et pour lui, elle avait eu d'autres enfants dont deux nés la même année. Alors manquant de temps pour l'enguirlander, elle s'était désintéressée de son cas. Et pour qu'elle puisse enfin respirer sans ce piquet fiché au beau milieu de son salon, on l'avait expédié chez la grand-mère en province. C'est donc là qu'il avait grandi en semi-liberté en quelque somme. Dans ce village personne ne lui demandait de s'exprimer à haute et intelligible voix, sauf bien sûr le maître d'école et le curé. Dès qu'il avait su lire, la vie de l'homme muet avait changé, les pieds Nickelés, Bibi Fricotin et plus tard Tintin l'avaient entraîné dans leur univers. D'eux il ne décrochait que pour aller dormir et encore. Réciter ses leçons, dire une

poésie, était un supplice auquel il n'échappait pourtant pas ! Et si en récitation, les zéros pleuvaient sec, le calcul le sauvait de la Bérézina.
D'années en années, il se taisait davantage, et s'il avait des copains, ils ne partageaient que leurs jeux et jamais leurs confidences. Lorsque ceux-ci partaient ailleurs, il n'allait pas non plus leur courir après, mais il leur écrivait des cartes postales, il aimait ça les cartes postales, un format qui lui convenait pour en dire le minimum. Oh, elles n'avaient pas besoin d'être jolies ou originales, qu'elles soient ensoleillées et lointaines devait suffire au bonheur de celui ou de celle qui la recevait ! Au début de ses nombreux voyages maritimes, il en envoyait à sa mère. Il lui réclamait trois sous, parce qu'il avait craqué pour un appareil photo ou qu'il avait payé une tournée générale à ses camarades marins, ou un souvenir quelconque à une fille et que sa solde n'y suffisait pas. Du Brésil, il envoya à sa mère une photo du Pain de sucre, où il avait écrit en pattes de mouches : « La ville est belle, meilleurs souvenirs de Rio. »
En retour, elle lui expédia un mandat-carte, lui enjoignant la prudence, mais il recommençait parce que pour lui l'argent ne comptait pas, et qu'il suffisait d'en demander pour en avoir un peu !
Pour l'homme muet, certains mots semblaient plus coriaces que d'autres. S'il parvenait à en attraper deux ou trois au lasso et qu'il n'en faisait rien dans l'immédiat, ceux-ci risquaient vite de mourir étouffés entre ses poings fermés. Tenter de les ama-

douer, alors que ces sots ne pensaient qu'à faire des sauts périlleux et des pirouettes cacahuètes, l'agaçait au plus haut point ! Ses mots pouvaient se faufiler entre les mailles des filets de pêches sur un port lointain, s'échapper d'un trou de souris d'une masure exotique, les mots lui tendaient des embuscades diaboliques, mais ils pouvaient tout aussi bien débouler en cascade ou descendre en flèche dans les graves. Au téléphone, c'était pire, sa voix sonnait faux, ses mots devenaient sourds ou inaudibles et c'était plus affreux encore, si l'interlocuteur le sommait de répéter, l'homme muet se mettait à bafouiller et s'emberlificotait dans un méli-mélo inextricable.

Quand enfin l'homme muet croyait que c'était gagné, qu'il pensait les avoir rangés, deux par deux ou en file indienne, il y en avait toujours un pour rompre les rangs et jouer les matamores, et subitement c'était la débandade des mots, le grand chaos comme à Fontebleau.

Plus tard, lorsqu'il se lesta de quelques kilos, et que sa crinière se para d'argent, il vécut quelques quiproquos, l'homme muet décréta qu'il ne ferait plus dans la dentelle de mots, il mit la poésie et tous ceux en gros qui la pratiquaient dans un grand sac qu'il suspendit à un clou dans une penderie appelée oscar, et il décida de laisser le tout prendre la poussière. Mais c'était sans compter sur l'opiniâtreté des mots à vouloir ressortir au jour, et très vite l'homme muet s'était retrouvé encerclé, avec d'autres mots qui s'échappaient des boites dites radio et télévision et bientôt ordinateurs, et qui arrivaient de tous côtés, certains se bousculant dans les bouches de gens hautains et encombrants, et ceux qui croyaient que les discours pompeux allaient changer l'univers rendaient l'homme muet, des plus perplexes.

Pendant longtemps, l'homme muet, n'avait pas eu à se préoccuper du quotidien, faire les courses était un exercice dont il se privait volontiers. Depuis qu'il avait pris sa retraite, il s'adonnait à ce sport car c'en était un, mais il préférait le supermarché du coin plutôt que le marché local. Là, il était certain qu'il n'aurait rien à demander à personne. Car jamais au grand jamais, même en tendant l'oreille, vous n'entendrez l'homme muet prononcer ces mots : je prendrai bien un petit kilo d'abricots et une livre de poires, oui, celles-ci, les jaunes, pas trop mûres s'il vous plaît… et ceci pour la bonne raison que l'homme muet se méfie des fruits et qu'il n'en met jamais à son menu. On suppose que c'est à cause des noyaux et pépins qui pourraient empêcher la sortie imminente de mots jugés indispensables, mais on n'en sait fichtrement rien.

Comme les mots et les phrases toutes faites importunaient l'homme muet, il s'en est débarrassé, et plus encore depuis qu'il a cessé de travailler. Installé comme dans un refuge montagnard dans sa chambre du premier étage, il n'ouvre pas sa fenêtre souvent. Et ce n'est pas par crainte du froid ou des courants d'air, c'est pense-t-on parce qu'il a peur d'être assailli par les mots du dehors. Tout le monde sait bien que dehors et surtout dans nos contrées, on rencontre des troupeaux de mots sauvages, des malotrus sans éducation, ceux-là, l'homme muet préfère ne pas les voir, et encore moins les entendre.

Je veux à ce stade du texte, remettre les pendules à l'heure, si pour l'instant je m'exprime au nom de l'homme muet, et sans son consentement, c'est, disons, qu'il m'a donné tacitement le pouvoir de parler en son nom, son nom qu'il vous tarde sans doute de connaître, ou que vous croyez avoir reconnu.

Il faut que je vous dise que, pour l'homme muet, les mots ne sont pas à proprement parler de vrais ennemis, hormis leur orthographe complexe et sournoise. Pour preuve, il s'en nourrit ! Il en avale des quantités impressionnantes, et peut se délecter de pavés qui peuvent peser près d'une livre, six cents pages au bas mot, ne lui font même pas peur ! Alors au fil du temps, cela fait des quintaux de mots qui s'en viennent alourdir son estomac. Son abdomen s'enfle de mots, d'ailleurs il le porte en avant, fièrement, comme une femme qui attendrait son premier enfant ! Mais il n'accouchera pas pour autant et comme tout un stock de mots étranges ou étrangers, ces mots resteront enfouis en son sein, sans espoir d'en ressortir de quelque façon, à moins d'un miracle nocturne. C'est pour cette raison que certains affirment qu'il a pris du poids ces dernières années, l'homme muet porte ses mots bien au chaud et régulièrement, il s'arme d'une

pince étrange et perce de nouveaux trous dans chacune de ses ceintures !
Alors si par le plus grand des hasards, vous aviez la chance de le rencontrer pour pourriez toujours lui suggérer le port de bretelles, ce serait plus pratique, mais bon ! L'homme muet n'aime pas précisément qu'on se mêle de ses affaires. En attendant, moi l'auteur, je me suis posé la question : et s'il s'envolait telle une montgolfière par un jour de grand vent, avec tous ces mots à son bord et à son tribord. S'il tombait à l'eau, évidemment il s'en sortirait, mais je ne suis pas certaine que les mots surnagent aussi bien que lui. Car c'est indéniable, l'homme muet nage remarquablement bien et il flotte encore mieux.
Quand Sophie a dit oui à l'homme muet, il a dit oui aussi mais si faiblement que ça n'a pas ébranlé les murs de la mairie, ni réveillé l'assistance publique qui vu l'heure matinale, baillait un tantinet ! À cette époque-là, il pesait peu encore dans la balance des mots. Pour le vêtir décemment, Sophie avait décidé, bien avant l'ère du relookage, de rhabiller ce compagnon ce qui n'était pas une mince affaire, vu son goût aléatoire pour des couleurs ostentatoires. Elle s'était demandé où diable, il achetait des frusques aussi moches. Or jamais l'homme muet n'éclaira sa lanterne, elle savait juste qu'il fuyait les magasins, autant que les vendeuses qui en faisaient des tonnes pour le rendre présentable et smart. À cette époque lointaine et reculée, on trouvait peu de pantalons d'homme à sa taille, un 36,

pensez donc, une drôle de taille pour un drôle de gars, comme les trente-six chandelles qu'il aurait dû faire voir à Sophie et qu'elle a rarement vues, sauf peut-être les nuits d'équinoxe ou de pleine lune.

À vingt ans, on croit à tout et encore au père noël, et Sophie y croyait dur comme fer, et qu'elle allait en faire un interlocuteur de choix de son homme. Aussi muet soit-il, elle le dériderait. Elle avait vainement attendu une sortie, des miettes de sa saga familiale, des détails, pour mieux le comprendre, mais rien n'était venu éclairer sa lanterne. Alors lorsqu'ils étaient seuls en voiture, enfin quand cette fichue radio voulait bien la fermer, Sophie tentait une percée. Lassée d'écouter le silence, elle en remettait une saucée, des hum hum dubitatifs lui parvenaient en écho, ce qui laissait cette pauvre Sophie pantoise et désemparée.

Parfois il extirpait de ses entrailles, un mot qui semblait venir de l'au-delà, mais cette larve de mot se perdait illico à travers les petites routes de campagne qu'il affectionnait et Sophie pas trop. Sophie avait beau être du genre optimiste, ça l'énervait assez d'avoir à lui sortir les vers du nez et plus encore de parler à un mur. D'ailleurs c'est à peine si elle les entendait ses mots, elle devait les lui faire répéter, alors qu'elle avait l'ouïe si fine !

Mais parce que les mots de Sophie avaient l'air de lui plaire presque autant que sa bonne mine ou ses petits seins pointus, elle avait réussi à lui en soutirer deux ou trois de son abdomen, qu'il avait musclé et plat encore à l'époque ! Plus tard, elle avait bien senti qu'il ne l'écoutait que d'une oreille, et qu'elle ne faisait que le saouler de mots, à meubler le vide de leur galaxie intergalactique et elle comprit sur le tard, que ça dérangeait monsieur, qu'elle se mette à poser des questions et ce qu'il avait vécu et ressenti avant de la rencontrer. Parce qu'il estimait que c'était ridicule de se raconter et de parler de soi encore plus, Sophie parlait pour deux, et pour des réponses précises à ses questionnements précis, elle pouvait bien aller se rhabiller aux Galeries Lafayette ou ailleurs. Depuis toute petite, elle pratiquait l'humour, elle l'aimait noir et corsé, mais l'homme muet n'appréciait pas toujours et prenait ses mots de travers. Pourtant elle était habile à décoder les meilleurs canulars et même les calembours de la comtesse du Canard Enchaîné qui était son canard attitré ! Sophie essayait la dérision pour ne pas heurter sa susceptibilité, mais ses mots et ses petites remarques à deux sous, étaient mal reçus, et très vite ils se prenaient la tête et les pieds dans les carpettes, et les mots se mettaient à grimper dans les aigus, à voler en éclat par-dessus leurs têtes de mules.

Enfin, l'homme muet et Sophie avaient pris le temps de faire des petits, et quand ils avaient poussé leur premier cri, l'homme muet fier et heureux d'être papa, ne toucha plus terre ! Personne ne sait et même pas Sophie, ce qu'il leur confiait en catimini, mais il a dû trouver les mots, calmer leurs maux aussi, donner des biberons de nuit et changer leurs couches semblaient être des taches à sa mesure. Leurs bambins grandissaient ballottés entre des mots doux et des mots rigolos, et lui, il assurait le relai. L'homme muet chantait faux comme une cloché fêlée, alors Sophie chantait pour deux, elle connaissait une tonne de comptines idiotes, comme celle-ci :

Petit poisson qui tête encore sa mère,
Petit poisson deviendra poitrinaire,
Si petit poisson il dort encore tout nu !

Ce qu'il y a de bien avec les bébés, c'est qu'ils ne sont pas difficiles, ni critiques, et qu'on pouvait leur servir d'autres inepties du même acabit sans qu'ils ne s'en lassent jamais. Sophie savait jouer avec les mots, et jongler avec, les bébés riaient à en avoir le hoquet et leurs yeux pétillaient ! Lui, il se contentait de bercer l'enfant qui avait un chagrin, mal au ventre ou une toux inquiétante, et l'enfant s'endormait entre ses bras, tout confiant ! Pour jouer aussi, il savait y faire, il n'avait pas besoin d'une tonne de mots pour se faire comprendre d'eux. Il montait des tours de Lego jusqu'au ciel, s'armait de patience devant la notice d'un mécano mégalo, il pouvait sans un mot de trop, réparer la Barbie mannequin démantibulée et mieux que personne, tenir la banque au Monopoly, confectionner des bugnes au cœur des hivers les plus rudes. L'été, l'homme muet pédalait sec sur des pédalos mouillés, cré-

mait des petits nez et des dos rougis et leur offrait des glaces à l'eau. Il dégainait son porte-monnaie, pour des tours de manège sans fin, et s'ils se promenaient dans le bois ensemble, le loup grâce à lui, n'y était jamais !
La vie en somme passait. Les gosses chahutaient les mots, des gros mots fusaient, d'autres se trémoussaient d'aise, se dépassaient, s'entrechoquaient, se télescopaient, déménageaient, emménageaient, voyageaient, voyaient du pays, des contrées lointaines et d'autres pas si lointaines que ça ! Un mot revenait souvent hanter les nuits de l'homme muet qui ronflait plus fort. C'était le mot Argent, ce mot-là à présent, rimait avec embêtement, remboursement, paiement, commandement et puis venaient ses copains de régiment : sommation, injonction et ça dégénérait avec des ultimatums qui n'étaient pas à la gomme. D'or on ne parlait pas, il y avait bien sur l'écran gris des enfants, des Cités d'Or avec Estéban, Zia et Thao… mais ça ne faisait pas rentrer l'or pour autant dans leur escarcelle ! L'homme muet s'enfermait dans son île, et s'il rentrait tard, il fallait éviter le sujet, dissimuler le fameux courrier. Mais le sujet refaisait surface par vagues sauvages, souiller lamentablement leurs plages de sable fin des fins de semaine.
Sophie était parfois solidaire et parfois plus ! Désignée coupable, l'homme muet prétendait qu'elle aggravait la note avec des dépenses inconsidérées. Pour clore ces discussions stériles et des regards qui en disaient long, l'homme muet se réfu-

giait dans un silence rageur. Triste et inquiète pour sa nichée, Sophie déposait sur des cahiers bleus, son cœur devenu aussi lourd que son corps, et une pléiade de mots couleur, censés colmater ses maux. Elle rêvait d'îles, de grand vent, s'inventait des ciels d'azur sans nuage, des concerts, la liberté ! Prévert, Verlaine, Baudelaire lui insufflaient un nouvel air, elle aimait mieux leurs mots que ceux de la vraie vie.

À ce stade du récit, je dois par commodité, vous avouer que l'homme muet a un nom, comme tout le monde ! Il se prénomme Boris ! Je comprends votre étonnement, vous auriez préféré qu'il s'appelle Pierre, Bertrand ou bien Antoine ce qui m'aurait simplifié la vie et la sienne donc ! Boris avait-il eu une ancêtre russe, Sophie serait bien en peine de vous répondre parce que Boris s'en fiche comme de son premier bavoir, et semble se fondre dans ce prénom ! Je dirai que c'est ainsi qu'il se singularise, et outre le fait qu'il reste muet, on est en droit de s'interroger sur ses origines, comme l'a fait Sophie dans un premier temps.

Alors si ses frères se prénomment Bernard et Louis, ce qui colle parfaitement à leur patronyme, on peut penser que Boris a dû se poser la question au moins une fois dans sa vie, mais que comme à son habitude, il n'attend rien des autres, et il n'a jamais jugé utile d'épiloguer sur le sujet, surtout avec Sophie qui aime tout décortiquer, sauf les crevettes.

Et puisqu'à ce stade de l'histoire, l'homme muet est

doté d'un nom, je vais devoir l'appeler Boris et non plus l'homme muet, ce qui pourrait le contrarier ou carrément l'énerver, les colères de l'homme muet, heu, pardon de Boris, si elles sont rares n'en sont pas moins explosives, Sophie en sait quelque chose. On serait tenté de plaindre Sophie, mais on pourrait plaindre aussi des milliers de femmes qui se retrouvent dans la même situation avec un homme muet à leur table, un homme muet dans leur lit, un homme muet dans les magasins quand il daigne y accompagner sa femme, en traînant des pieds.

Sophie, investie de son nouveau rôle de maman s'était mise à jouer des heures avec ses bambins, sans doute pour revivre une seconde enfance laquelle n'avait pas été réjouissante, enfin elle avait quelqu'un avec qui parler et qui l'écoutait bouche bée. Sur les murs de la chambre des enfants se trémoussaient déjà des affiches voyantes, Chantal Goya eut sa place d'honneur suivie de près par Goldorak, Dorothée... quant à Patrick Bruel et Goldman, ils allèrent vite être supplantés par les Red Hot Chili Peppers, Nirvana et puis Friends à la TV ! Adolescence pouvait rimer avec nonchalance, excès, musique, envolées verbales mais rarement avec silence. Ces futurs adultes qui avaient des mœurs grégaires se mouvaient souvent en troupeaux, déchiraient leurs jeans exprès, teignaient parfois leurs cheveux en fuchsia, et si le garçon vers ses onze ans fréquentait peu la salle de bain, le fumet de ses chaussettes prouvait quand même, qu'il était passé par là. Les rares mots que Sophie arrivait à placer, se perdaient dans la tonitruance de musiques syncopées et ne recevaient pas toujours d'écho. Dans la rue, aux réunions de lycée, Boris rencontrait d'autres ados qu'il ne voyait même pas, certains marchaient le nez au vent avec à leurs pieds des croquenots de couleur criarde que n'aurait pas renié son grand-père.

Un jour, le mot BAC s'était mis à flotter dans l'air. Boris et Sophie savaient qu'il pouvait ouvrir les portes du savoir et une vie meilleure, eux-mêmes n'avaient pas été bien loin dans les études. Un peu confus et même honteux, ils s'accrochaient à ce mythe comme à la lune rousse, convaincus d'être bien meilleurs parents que leurs parents, ce qui n'était pas faux.

Les mots mutaient, ceux tout ensoleillés des anciens bébés blonds devenaient hermétiques, ils fusaient en anglais, en italien parfois, en allemand rarement, sauf par monsieur Mozart au Conservatoire. De temps à autre, Boris s'énervait après ces bambins dégingandés. Des giclées de mots s'échappaient de lui et aussitôt sortis, il regrettait que ce soit ces mots-là qui arrivent et pas les autres, les gentils, les encourageants, les conciliants, les mots doux et tendres. Il en était consterné, bouleversé, le silence reprenait ses droits et les chérubins, plus si chérubins que ça, filaient se mettre aux abris, en attendant que l'orage soit passé.

Si Sophie avait pu penser que l'homme muet était

orphelin, tant ses parents se préoccupaient peu de lui et de leur tribu, il ne l'était pas vraiment. Sa mère, bavarde et intrusive, oscillait entre accents pie et accents canard, selon le temps, les circonstances, les boulevards, les grands magasins qu'elle affectionnait bien plus que ses petits enfants ; ses envolées haut perchées pouvaient toucher au cœur. Elle voulait tout savoir et rien payer, ne rien payer surtout pour Boris et Sophie, sa peur d'avoir à éponger leurs dettes datait d'avant, d'avant, quand il était jeune et insouciant. Cette peur la rendait aigre et frisait le ridicule ! Le père, à ses heures, muet lui aussi, ne se montrait que lors de dîners festifs, il partait avant le dessert accomplir son dur labeur ou parce qu'il était de garde. Le reste du temps, il semblait flotter au-dessus de sa nichée qu'il considérait d'un œil doux ou indifférent : difficile à dire ! Il avait le regard condescendant, et ressemblait à un rapace trop gentil pour se nourrir des souris qu'il aurait attrapées dans ses serres, par mégarde. Il aurait bien voulu les laisser aux autres ses souris, mais sa femme veillait. Il fallait qu'elle mette son grain de sel partout, y compris dans les affaires du couple, ce qui plaisait mollement à Boris, qui ne rétorquait pas pour autant et ne contrait jamais sa mère de front !

Les différences entre les membres de cette fratrie étaient plutôt flagrantes, mais tous étaient aussi muets que le cinéma des années quarante. Il fallait décoder leurs sons, et Sophie n'avait pas le mode d'emploi ni l'envie de s'y coller non plus. La sœur de Boris lui ressemblait un chouia, mais en fille, une fille qui battait tous les records de mutisme, aussi muette qu'une sono débranchée. Sophie se demandait même, si elle avait été branchée un jour. Le son de sa voix avait dû se perdre entre l'enfance et l'âge adulte, et s'éteindre sur les bancs de la faculté.

Ainsi, chacun vivotait sa vie loin des potins des autres, d'eux on ne savait rien d'excitant, et ce qui surnageait de l'iceberg, ne donnait pas envie d'en savoir plus. Pourtant, ils étaient censés former une famille et ils se targuaient d'avoir un arbre généalogique aussi encombré qu'un périphérique aux heures de pointe. Sophie qui n'avait ni arbre ni famille ou s'accrocher, était intriguée par toutes ces recherches dans le passé et s'interrogeait à demi-mot : et si c'était contagieux, et si leurs enfants attrapaient le virus… nantie de ces ersatz troublants, Sophie évita de les fréquenter !

D'un autre côté, Sophie et Boris pouvaient être rassurés, au moins leur fils n'avait pas hérité de ces traits de famille-là, le mutisme ! Il déversait du soir au matin des torrents de mots, et Sophie devait se l'avouer, parfois elle aurait aimé avoir la télécommande magique pour éteindre le son de son enfant. Mais elle continuait à lui sourire bêtement tout en regardant ses lèvres bouger ! Aucun parent n'est parfait !

Depuis, le temps a pris son temps, les bébés ont fait des bébés, un quadrille de blondinets, pas muets pour deux ronds, alors si demain est un jour radieux, l'homme muet prendra la direction d'un golf verdoyant pour quatre heures au vent frais ! C'est un peu sa drogue à lui. Accompagné par le chant des merles, les roues du caddy grinçant un peu, Boris se sentira bien ici ! À cette heure matinale, seules quelques ombres floues passeront dans son champ de vision, il en saluera certaines de loin, sur le green la concentration impose le silence !

Martha

Un rai de soleil danse sur le nez de Martha Wissemberg. Martha se lève entrouvre aussitôt un seul de ses deux volets écaillés. D'où peut bien venir ce tohu-bohu inhabituel dans sa rue ? Des clameurs étranges et une grande agitation emplissent l'air déjà suffocant. Le bruit provient de la place. Martha a veillé tard. Elle voulait terminer ce nouveau roman de Douglas Kennedy et c'est seulement maintenant qu'elle émerge. Elle dit toujours à ses amis qu'elle déteste se lever tard, que ce n'est pas dans ses habitudes de traîner au lit. Mais il est dix heures passées, et il est temps de bouger. Martha a le regard flou, le teint pâle des gens qui fuient le soleil et sa chevelure est toute électrique.

Et voilà ce qu'elle voit, du moins ce qu'elle distingue, une sorte de chenille de camions blancs géants ont envahi l'endroit, sa place, sa chère place baignée de lumière crue, et c'est là que préside magistral, son meilleur ami, le platane. Cet arbre plus que centenaire au tronc pachydermique, se dépiaute en plaques lépreuses au fil des saisons, mais il demeure fidèle au poste. Il a résisté au gel mordant d'un hiver pas comme les autres et à la canicule de l'été dernier, Martha ne saurait pas dire depuis combien de temps il trône au milieu du village, sur sa chère « Place de la Liberté ». L'arbre fait partie du décor de Martha.

En cette matinée de printemps, le ciel est d'un bleu luminescent et tout ce ramdam intrigue Martha, qui comme tous les matins, part à la recherche de ses lunettes. Entre-temps, elle a sorti une tasse, mis la cafetière en route, et tandis que le café coule lentement, elle distingue des formes floues sous ses fenêtres, des formes qui s'agitent, comme s'il fallait s'agiter à pareille heure. Des bribes d'ordre fusent de façon sèche et précise, et c'est en chaussant ses lorgnons qu'elle a enfin retrouvés entre les pages d'un livre, qu'elle voit l'ampleur du phénomène. Elle comprend vite en lisant les inscriptions sur les fourgons. Quoi de plus étonnant ici, qu'un décor de cinéma. Voilà qu'on va tourner dans sa rue, sa rue la bien nommée : rue du Bout du Monde. Car c'est vraiment ainsi qu'elle s'appelle et ça ne fait même plus rire le nouveau facteur, qui depuis qu'il a été muté, en a vu d'autres.

Martha, qui se flatte de tout savoir sur son coin de paradis, n'a pas été avertie. Cela la contrarie un peu d'avoir été privée de ces informations qu'elle juge essentielles. Ce village qui est d'ordinaire si tranquille à cette époque, ce village se réveille. L'hiver et le début de printemps ont été si calmes que c'en était presque sinistre. Il n'y a plus ces

débordements de touristes, ce flot de visiteurs en quête d'ailleurs. C'est l'époque où les nuages gris s'amoncellent, débordent et font pleurer le ciel à chaudes larmes.
Martha se souvient. Elle qui voulait devenir actrice. Elle qui l'avait rêvé si fort. Son père qu'elle avait maudit si souvent disait à ses amis qui s'extasiaient de la beauté de ses filles, qu'il avait dû casser le moule parce que Martha, la benjamine des quatre filles, ressemblait à un petit crapaud, mais qu'avec un peu de chance, elle finirait bien par se dégotter un prince charmant très myope. C'était censé faire rire. Ce qui n'était pas du goût de la petite fille, qui souffrait de ces remarques ridicules, sans oser le dire ni le montrer. Bien sûr, elle savait qu'elle était moins jolie que ses sœurs, mais elle était sans doute plus futée. Avec ce physique peu engageant, Martha affligée de jambes trop courtes, cachait aussi sous des vêtements larges, un ventre déjà proéminent. Ses sœurs disaient d'elle, que si elle était une fée, c'était une fée ratée aux cheveux filasses, alors qu'elles étaient toutes trois brunes et au teint mate. À cette époque, Martha vivait en ville, et les voisins s'en donnaient à cœur joie en commentaires médisants. Seule sa mère, sauvage et fière, ignorait ces bavardages et sous-entendus stupides. Elle ne faisait aucune différence avec cette enfant-là, et les autres.

Aujourd'hui les cheveux de Martha balancent entre un gris cendré, parsemé de fils argentés et quelques mèches décolorées par le soleil qui attestent de sa blondeur passée. Martha s'est laissé déborder au fil des années par ce corps qu'elle disait ne pas aimer. Depuis, son abdomen a pris de l'ampleur et ses bras sont devenus pesants et le peu de taille qu'elle avait encore à vingt ans, a disparu, noyé dans les replis d'une chair omniprésente. Mais cette masse qu'elle abomine tant la maintient à une distance respectable du commun des mortels. C'est du moins ce qu'elle pense.

On ne regarde plus Martha depuis des lustres, les hommes surtout. Les femmes ricanent encore derrière son dos et certains garnements décochent quelques obscénités quand elle ose un vêtement ajusté. Mais elle se fiche bien de leurs moqueries, ne se retourne plus pour répliquer. Autrefois, elle savait envoyer des piques cinglantes, mais depuis qu'elle fait partie du décor Martha ignore le monde et le monde l'ignore. Or si on veut bien s'attarder et prendre le temps de s'intéresser à cette femme obèse, on ne peut qu'être surpris par son regard d'ailleurs, ce regard turquoise aux reflets de lagon. Mais qui voudrait encore se perdre et voyager à travers les yeux de Martha ?

Au printemps, le village regorge de recoins délicieux. Il s'habille de plantes grasses opulentes, de jeunes pousses égarées et dans les pots de terre vernissée, on devine la menthe poivrée, des succulentes et des bougainvilliers qui ne sont pas encore fleuris. Alors c'est dire si Martha est ravie qu'il se passe enfin quelque chose ici, elle commençait juste à mourir d'ennui et avait épuisé son stock de lecture.

En bas, ça n'en finit pas de gesticulations sonores : régisseur, techniciens, électriciens, stagiaires, ils s'activent en tous sens. Une vraie fourmilière. On branche, on déballe, on dispose, on cavale, on donne des ordres, le tout dans un ballet parfaitement synchronisé. Tout ce petit monde connaît la tâche qui lui incombe, rien ne semble improvisé, le rituel combiné à une impeccable coordination de chaque intervenant avance et on s'attend à tout. Au pire comme au meilleur.

Après avoir avalé son robusta debout devant sa fenêtre, Martha considère cette avant-scène mouvante, des fourmis plein les pieds. Cette animation avant le rush de l'été, amènera-t-elle sa provision de curieux. Car ils reviendront tous, amateurs d'art ou touristes nonchalants. Ils reviendront s'aventurer jusque dans les moindres angles du village, s'infiltrer entre les maisons romanes, s'engouffrer dans la fraîcheur de l'abbaye en savourant la sérénité des cloîtres. Certains traîneront la savate en montant, d'autres dévaleront les sentes étranglées où un filet d'eau s'écoule et gicle le long des rues, faisant la joie des gosses et des chiens.

Alors, du matin au soir très tard, les commerçants s'affairent. Revivent. Ils étalent, disposent, agencent une pléiade d'objets hétéroclites : artisanat rural, marchandises exotiques, sacs multico-

lores, poteries vernissées, bijoux fait main, aquarelles à la gloire du pays, il y en a pour tous les goûts, toutes les bourses.
Hélas et tant mieux, ça ne dure que quelques mois toute cette agitation, d'avril à octobre, et puis à nouveau, c'est le désert. Les allées se vident, l'ombre se profile et le silence prédomine, comblé par les litanies d'oiseaux ou le grondement du tonnerre qu'accompagnent le plus souvent des pluies toujours torrentielles.

Marl Ginger est attendu. C'est 11 heures pile a annoncé le metteur en scène et essaie d'être à l'heure, pour une fois ! Marl s'énerve. Il ne comprend rien à ce pays, s'embrouille dans des cartes routières cabalistiques, mais il écrase le champignon. Il ne sera pas dit que Marl Ginger se traîne comme une limace dans un bolide pareil, quant au loueur de voiture qui lui a bien précisé de ménager la bête et de se méfier des excès de vitesse et des radars, il peut toujours aller se rhabiller. Des sonorités anormales résonnent comme des tam-tams déchaînés à l'intérieur de son crâne : décalage horaire, whisky-soda et mauvais pétards ont eu raison de sa raison. Un mélange qui habituellement le détend, enfin lui apporte une certaine décontraction, mais à ce jour, rien ne va plus. Il est flapi, sans énergie, et il est forcé de se concentrer sur cette putain de route qui n'en finit pas de tourner et lui donne la nausée.

Marl qui n'est guère matinal manque juste de sommeil. Il appréhende vraiment ce tournage-là, avec ce metteur en scène, cette espèce de blanc-bec sans expérience, rasoir et arrogant. Il a dit oui, mais il craint de ne pas supporter la séparation d'avec Lisa. Il a le trac comme jamais pour ce rôle inhabituel pour lui, et qui va à l'encontre des précédents : il doit jouer un rôle de looser, de petite frappe, truand sans principes et sans envergure. Il espère se tirer de cette affaire dans un temps record, enfin il fera le nécessaire pour ne pas faire durer.

C'est la première fois qu'il est séparé si longtemps de Lisa. Il craint de crever de solitude dans ce bled de l'Hérault dont il n'a toujours pas réussi à retenir le nom. Il se souvient seulement qu'il y a le mot « désert » dedans, ce qui à priori, ne laisse rien présager de bon.

Le tournage va durer trois mois. Trois mois à se poser des questions sur sa vie privée et professionnelle qui tourne au ralenti depuis cinq ans. Ce passage à vide n'arrange pas sa carrière. Il n'est plus vraiment sollicité, et doit se contenter de séries pour ado et rappeler à l'ordre son fainéant d'agent.

Bref, il se demande encore, pourquoi il a accepté de tourner dans ce trou à rats, à l'autre bout de son amour, à l'autre bout de l'Amérique.

Le site est une incroyable beauté, mais Marl s'en fout comme de sa première taffe. La route qui longe les gorges abruptes de l'Hérault, défile sous un ciel d'azur admirable. Au milieu d'une nature farouche, des genêts d'or agrémentent des talus par centaines. Des fleurs roses dont il ignore le nom ondulent dans l'air tiède ainsi que des haies blanches et fournies. Plus loin, des iris violacés et sauvages poussent au petit bonheur la chance, un vrai décor de carte postale. L'air sent délicieusement bon : arômes de thym en fleurs et romarin s'entremêlent et la température ne dépasse pas 22°. Il devrait se sentir apaisé par le paysage qui s'ouvre devant lui, mais il ne pense qu'à Lisa et se demande comment il va tenir trois mois sans elle. Les virages s'ensuivent, plus serrés les uns que les autres et il est obligé de ralentir, il va vomir.

Martha a soudain une envie folle de déguster du pain frais pour son déjeuner et de laisser le rassis, rassir encore. Elle ira donc à la pêche aux nouvelles à la boulangerie. Mais, elle se souvient que c'est lundi et que la seule boulangerie du bourg est fermée. Bon tant pis pour le pain frais, elle prendra des biscottes. En attendant, elle pousse le chat qui dort sur sa chaise. Ce vieux Rubis ronfle comme un homme ! Martha s'y connaît en ronfleurs, elle en a connus deux. Deux maris, deux ronfleurs et quels ronfleurs, de vraies locomotives à vapeur. Mais, maintenant c'est bien fini cette vie-là. Elle vit seule et libre, aussi libre que l'était Rubis quand il a débarqué un matin dans sa vie. L'animal d'une saleté repoussante avait les oreilles déchiquetées, la fourrure poisseuse et il était bourré de puces. Martha l'a laissé rentrer. Ce gredin s'est empressé d'arroser le périmètre autour de lui, n'oubliant aucun endroit de l'appartement. Partout, il apposait sa marque, en brèves giclées rapides et nauséabondes. À bouts d'arguments, elle l'a remis dehors car sa maison empestait. Mais tous les matins, il était là, muet, ses yeux orange quémandant un peu d'intérêt et de nourriture. Alors, elle cédait, offrait une gamelle, du lait, un coup de gant de toilette tiède sur la tignasse du matou. L'animal se laissait cajoler, béat, ronronnait comme la climatisation, puis il levait vers elle un regard poignant à faire craquer le plus dur des réfractaires aux chats et petit à petit, Martha s'attacha au vagabond.

Un soir, elle le regarda droit dans ses pupilles d'or et lui annonça « Ou tu gardes ta liberté et tes roubignolles, ou tu rentres et plus de roubignolles », tu choisis. Le chat est rentré. Elle a saisi le téléphone, prit contact avec le vétérinaire et réglé l'affaire dans l'heure qui suivait.

Rubis ne semble plus regretter son ancienne vie, ni ses testicules. À la belle saison, il découche encore et longe les ruelles, frôlant les passants attardés. Il hume la douceur de l'air, moustaches au vent, puis disparaît dans les brumes opaques de la nuit.

– Il doit avoir dans les 10 ans ce chat, lui a dit le vétérinaire et il semble au bout du rouleau. Ça marque un chat, dix ans de rue, de déambulations hasardeuses, de faim, de froid et de combats pitoyables, dix années de solitude, comme Martha.

Qui aurait pensé qu'elle s'acoquinerait avec ce mendiant crotté, elle qui avait peur des bêtes, et même parfois de son ombre.
Son fils, une fois, avait voulu un chat ou peut-être bien un chien, elle ne sait plus, il y a si longtemps. Elle n'avait pas cédé. Après son deuxième divorce, Doug avait embarqué le gosse aux États-Unis, Martha allait tellement mal à cette époque, qu'il lui était déjà difficile d'émerger de ses vapeurs et de s'occuper d'elle-même. Sa vie oscillait entre des doses massives d'antidépresseurs et les visites d'huissiers.
Dieu sait combien l'enfant avait eu de chats ou de chiens par la suite ! L'enfant semblait avoir tout ce qu'il désirait et qu'elle-même n'avait jamais pu lui offrir. Sur les photos que Doug envoyait à chaque printemps, il y avait toujours une bête ou deux à ses côtés. En y repensant, elle se sentit toute chose et eut un instant les larmes aux yeux. Elle chassa ces idées moroses, se donna un coup de peigne et descendit l'escalier de pierre d'un pas décidé.

Marl s'était encore trompé de chemin. Il s'arrêta sur le bas-côté pour se soulager, inspira l'air tiède et en profita pour annoncer son arrivée imminente.
– Charly ! C'est Marl Ginger, j'arrive ! Je suis paumé. Tous ces bleds avec des noms à la con, j'en perds mon américain. J'ai traversé St-Jean de Cuculles. Tu vois où c'est ? Ça tourne méchamment par ici. Alors tu dis que ce n'est plus très loin, OK,

j'espère que vous avez prévu à bouffer, faut que je mange un truc, j'ai rien becqueté depuis hier soir et avec ces virages, j'ai l'estomac en compote. Bon, vas-y, Charly, redis-moi le nom du patelin, j'ai marqué ça, mais impossible de retrouver ce putain de plan que tu m'as envoyé.
Marl s'obstinait à l'appeler Charly, mais le vrai nom de metteur en scène était Gus, Gus Larson. D'ailleurs, Gus avait fait remarquer déjà deux fois à Marl qu'il se trompait. Marl était décidé à rigoler un peu, histoire de montrer au garçon, qu'il avait plus de bouteille que lui et qu'il connaissait le job. Mais son humour de potache ne faisait pas l'unanimité. C'était une de ces manies qui irritaient ses compagnons de tournage car il adorait donner des surnoms grotesques à tout le monde.
Il reposa son portable entre ses cuisses, passa les doigts écartés comme un peigne dans ses cheveux clairs, puis jeta un œil satisfait à son reflet dans le rétroviseur. Il redémarra en faisant crisser ses pneus, mais personne ne passait par là à ce moment précis pour admirer le luxueux cabriolet vert émeraude de Marl Ginger.
Son français était plus que médiocre, mais son accent yankee était parfait. Il avait dû reprendre quelques cours avant le film, un film inespéré après tant de rôles sans envergure pour des œuvres minables. Marl, du genre beau gosse, toisait le monde de sa haute taille. Âgé d'une quarantaine d'années, il ne faisait pas son âge et affichait un teint halé toute l'année, avec de grands yeux clairs

qu'il tenait de sa mère aux dires de son père.
De sa mère, Marl ne gardait qu'un pâle souvenir. Sur les photos de l'album familial, alors qu'il devait avoir dans les huit ou dix ans, elle paraissait petite, frêle et plutôt ordinaire. Des lunettes noires cachaient toujours ses yeux. C'est vers cet âge-là qu'il avait quitté la France suite au divorce épique de ses parents. Il se souvenait de cette période de vaches maigres et s'était juré de devenir riche et célèbre. Depuis, il avait enterré cette navrante histoire et ne reparlait jamais des souvenirs encombrants, surtout avec son père.
Et puis, a quoi bon y penser encore, malgré les promesses, sa mère n'était jamais venue. Elle disait qu'elle n'osait pas s'aventurer aussi loin qu'elle n'était pas sûre d'elle. Marl espérait sa visite à chacun de ses anniversaires, mais elle trouvait toujours de bonnes raisons pour abandonner l'idée, et juste au dernier moment : elle était soit malade, soit fauchée. Doug avait bien proposé de lui prêter la somme pour le voyage, mais elle avait toujours refusé.
Ça devait faire plus de quinze ans, qu'il ne recevait plus de nouvelles de sa mère. Que savait-elle de lui, de sa vie, de son parcours professionnel ? Ses lettres revenaient toutes avec la mention : inconnue à cette adresse. Il ignorait même où elle se trouvait à ce jour. Il n'avait pas vraiment envie de la rencontrer, il ne saurait pas quoi lui dire. Avait-il besoin de mère à présent ? Il se sentait parfois orphelin surtout à l'approche des fêtes, une famille

c'était parfois confortable. À presque quarante ans, il allait se fixer enfin, fonder une famille et finalement ça ne le souciait plus, ce passé hasardeux. C'était de l'histoire ancienne, il avait rayé d'un trait sa vie française, sa vie d'avant et sa petite enfance miteuse.

La famille de Lisa lui suffisait, tous l'avaient accueilli ! Ils paraissaient sincères et satisfaits de leur futur gendre. Sa vie était en Floride, son futur aussi. Généralement Marl refusait de tourner ailleurs qu'aux États-Unis. Mais il avait rencontré cette femme merveilleuse, professeur de lettres à l'Université, depuis, ils ne se quittaient plus. Évidement ça l'avait changé des starlettes idiotes et des coucheries d'un soir. Le mariage était prévu dès son retour, Lisa désirait être mère très vite, l'horloge biologique tournait pour elle aussi. Marl n'était pas certain de vouloir des enfants, mais Lisa savait le convaincre. À vrai dire, son père lui avait légué suffisamment de fric pour qu'il soit à l'abri des soucis, même si sa carrière stagnait et qu'il songeait à une reconversion. Pour l'instant, il n'avait aucune idée de ce qu'il pourrait faire, mais Lisa trouverait bien, elle regorgeait d'idées. C'était vraiment une fille du tonnerre !

En fait, ça lui faisait bizarre de penser qu'il était né ici. Il ne reconnaissait rien, les Français paraissaient aussi embrouillés que leur satané pays et à des lieues de sa façon de vivre. Où étaient ses vraies racines ? Il était américain, un vrai, un pur yankee, tout était tellement étrange ici, même les patelins avaient des noms à coucher dehors, et quelle galère pour y parvenir.

Il eut envie d'une cigarette, en extirpa une du paquet presque vide et rechercha le briquet qui semblait introuvable. Il se souvint l'avoir laissé dans la poche de son blouson, lequel se trouvait sur le siège arrière avec tout un fatras de papiers, cartes et prospectus touristiques. En attrapant le vêtement, il détourna son regard de la route quelques instants, dérapa légèrement, cahota dans une ornière. Ce fut alors comme un impact, un choc sourd contre la voiture. Il éteignit la radio tonitruante, fixa les alentours mais ne vit rien de particulier. Marl ralentit, puis s'arrêta, agacé. Il inspecta l'avant du véhicule. Un phare était brisé. Il constata des traces rougeâtres fraîches et se gratta la tête, songeur. Il n'y avait personne d'autre que lui. Il chercha des yeux une bête quelconque, fit quelques pas autour du bolide. Et parce qu'il était myope comme une taupe, il dut s'avancer entre les fourrés et scruter les alentours. Il lui sembla entrevoir quelque chose, à la limite d'un tertre d'herbes hautes, un chiffon coloré... Marl n'osa penser, s'affola et se mit à trembler. Il se frotta les yeux, réintégra son siège, prit sa tête entre ses mains et essaya de réfléchir. Ne parvenant pas à rassembler ses idées, il pensa à une de ces hallucinations causées par la drogue. Il fallait, absolument qu'il arrête cette saloperie au plus tôt. La panique le submergea une petite minute. Il prit peur, jeta un regard autour de lui cherchant une présence. Marl ne voyant personne dans les environs pensa alors que ce n'était qu'une bête, un chien errant qu'il avait dû cogner. À moins que... quelqu'un ait subitement traversé ?

Mais non, il se faisait des idées, allait-il se réveiller enfin ? Il n'avait eu qu'une ou deux brèves secondes d'inattention. Il manipula le briquet à plusieurs reprises, pour tenter de comprendre. Fixant l'horizon, les yeux perdus dans l'immensité du paysage, il distingua le panneau d'un village au loin, sans doute sa future destination.

Des voitures passèrent, le croisèrent, sans rien remarquer de particulier. Il regarda sa montre, il était plus de midi. Il avait une heure de retard avec Charly. En un éclair, il comprit et sut qu'il ne tournerait jamais ce satané film, et qu'il ferait en sorte d'oublier à jamais le nom du prochain village, ce nom dont il avait eu tant de mal à se souvenir. Il prit sa décision froidement, sans complexe, sans remords, amorça un demi-tour rapide, fit crisser les pneus à nouveau et s'enfuit sans regarder en arrière, jetant son portable, le plus loin possible et de toutes ses forces, au-delà des taillis touffus.

Il rentrerait chez lui, voilà c'était ce qu'il allait faire. Il ne s'était rien passé. Rien ! Ce bled n'avait existé que dans son imagination. Il surprendrait Lisa au réveil, il prendrait l'avion pour la Floride. Oui, c'était ça qu'il devait faire, attraper le premier vol en direction de l'Amérique.

Martha se fraya un chemin parmi des badauds attroupés devant les installations. On avait délimité l'endroit par un cordon de plastique blanc et orange, mais les gens peu habitués à ce genre de manifestation rentraient à l'intérieur du périmètre sans retenue. Martha s'adressa à un voisin qui n'en savait pas plus qu'elle. Puis, elle fit le tour de la place et interpella un jeune homme, torse nu, qui installait des tréteaux et une planche sur laquelle il disposait des boissons et des biscuits pour les employés. Il commençait à faire bigrement chaud et l'équipe suait à grosses gouttes. Martha interrogea le garçon qui ne semblait pas si débordé que ça, et qui se trouvait à proximité.

– C'est un long métrage, que vous allez tourner ? dit-elle gentiment.

– Oui, madame, aux dernières nouvelles le film devrait durer dans les trois semaines, peut-être moins, on verra. Le tournage aura lieu ici mais aussi dans les environs. C'est vraiment très joli cet endroit, vous habitez là ?

Martha fit signe que oui.

– Qui est le réalisateur ? s'enquit-elle, vivement intéressée.

Le garçon paraissait fier que l'on s'adresse à lui, n'étant en fait, que stagiaire et aussi l'homme à tout faire de la troupe.

– Gus Larson, c'est le gus avec la casquette blanche là-bas, près de l'arbre, dit-il en riant, vous voyez ? C'est un Américain d'origine suédoise à ce qu'il parait, en tout cas, c'est son premier film en

France.
– Et les acteurs vous savez qui ils sont ?
– Je ne sais pas grand-chose, madame, mais je crois que le rôle principal est tenu par un Américain. Ça devrait s'appeler « Le dormeur du val » mais les titres au cinéma, ça peut changer à la dernière minute. Excusez-moi, mais je dois continuer, le réalisateur est déjà furax car sa vedette est à la bourre. Il commence à s'en prendre à tout le monde et à tourner en rond comme un lion en cage, alors je risque d'en faire les frais, s'il me voit bavarder au lieu de bosser !

Martha parut satisfaite des informations. Elle pensait en apprendre davantage dans le courant de la journée. Les langues autour d'elle, allaient bon train, les villageois s'interrogeaient comme elle à propos du film.

Gus Larson était effectivement furax : il n'arrêtait pas de s'éponger le front, d'aller et venir, le portable scotché à l'oreille. Visiblement quelque chose clochait.

Mais vers treize heures, soudainement, toute l'équipe s'engouffra dans les voitures et ils disparurent tous. Quelqu'un dit qu'ils étaient partis déjeuner à quelques kilomètres de là. Pourquoi pas au village, s'étonna Martha, ce ne sont pas les gargotes qui manquent ?
Elle traînassa un peu encore, regarda les installa-

tions, conversa avec une vague connaissance, une nouvelle venue depuis l'automne qui regrettait déjà de s'être enterrée à Saint-Guilhem-le-Désert. À présent, elle paraissait satisfaite qu'il se passe quelque chose, même si ça allait forcément perturber la vie de chacun au quotidien.

Gus Larson se faisait du mouron, Marl Ginger semblait avoir carrément disparu de la circulation. Il tentait de le joindre en vain. Pourtant lors de sa dernière communication, Marl paraissait assez proche du village, il ne pouvait pas disparaître ainsi, se perdre dans la nature, si près du but. Sans doute était-il tout bonnement attablé devant une petite salade composée comme ils savaient si bien les faire par ici, avec une bouteille de vin, il s'inquiétait pour rien.

Mais Gus avait comme un mauvais pressentiment ! Celui-ci se confirma, quand sur la route, il aperçut les clignotants des pompiers, des voitures de police et une ambulance en action. Apparemment il n'y avait pas de véhicule autre que celles des secours. C'était étrange. Un policier les fit attendre un moment, le temps de charger une victime. Gus descendit pour savoir ce qui se passait.

On venait de découvrir une gamine gravement blessée dans un fossé, la gosse était inanimée et ils disaient qu'un chauffard l'avait projetée à plusieurs mètres sans s'être arrêté. D'après les pompiers, le pronostic vital étant engagé, il fallait faire fissa.

Après quelques minutes, le convoi s'ébranla toutes sirènes hurlantes. Gus en fut tout chamboulé. Comment pouvait-on être abject à ce point-là, renverser quelqu'un et fuir !
Il retenta un appel vers Ginger. Rien, aucune réponse, Gus bouillait. Dire qu'il s'était forcé à engager ce type prétentieux, parce qu'il avait été recommandé par un ami. Si Marl lui faisait faux bond, Gus serait dans la merde et en subirait les frais. Pourtant, les fantaisies des acteurs, Gus connaissait par cœur. Il s'arrangeait avec certains, mais celui-là paraissait plus chiant que les autres. Il ne se découragea pas et essaya de rappeler encore.
À nouveau un bip-bip stérile résonna dans son oreille.
Après le déjeuner, Gus se dit qu'il fallait parler de cet ennuyeux contretemps avec le producteur, enfin si Marl ne se pointait pas entre-temps. Quel connard, pensa-t-il, s'il se croit indispensable, il se goure. Des acteurs comme lui, j'en trouve plein les rues, plein les agences pour l'emploi, il sera facile à remplacer.
Mais on n'en était pas encore là.

Marl Ginger roulait, insensible, le crâne résolument vide, dans un paysage radieux, ses lunettes de soleil maintenant sa chevelure en désordre. Il ignorait où il allait, mais s'obstinait à foncer droit devant, sans but. Il ne parvenait pas à comprendre ce qui venait d'arriver, et comment deux ou trois secondes d'inattention pouvaient changer la donne. Il avait vu des pompiers passer dans l'autre sens, entendu leurs sirènes, puis les flics, se pouvait-il qu'il ait renversé quelqu'un, un gosse peut-être, ça ne pouvait être qu'un gosse, un adulte, il l'aurait vu, l'aurait senti, le choc eut été plus terrible, les dégâts plus visibles. Et puis ce n'était pas de sa faute : que faisait un gosse seul sur une route au milieu de nulle part ? Quelle connerie !

Marl conduisait vite, trop vite et à chacun des virages, frôlait les dangereux bas-côtés, risquant à tout moment de déraper vers les à-pics des gorges vertigineuses de l'Hérault. Par endroits, des murets bas bordaient la route ; il les rasa à plusieurs reprises, heurta le parechoc. Le véhicule oscilla et tangua entre les parois abruptes de la montagne et les profondeurs des abysses. Sous le choc de sa terrible découverte, Marl ne semblait plus rien voir. Inconsciemment, il parvint à reprendre la direction du véhicule d'un brusque coup de volant, mais une camionnette surgit en face de lui, et il dut braquer comme un fou pour éviter d'emboutir de plein fouet le fourgon.

Après deux ou trois tête-à-queue, le ciel parut se brouiller pour Marl Ginger, eut-il le temps de comprendre que c'en était fini de s'interroger, de se hasarder à des suppositions stériles, il ne saurait jamais ce qui c'était réellement passé. Il ne reverrait plus Lisa, ni même la Floride et l'Amérique. Marl irait s'écraser en bas, comme une merde, comme la merde infâme qu'il était devenu en ce

jour maudit.
Combien de mètres pouvait-il y avoir jusqu'en bas ?
Le cabriolet vert émeraude s'envola, happé par les ténèbres et le silence absolu.

Dans l'ambulance, Sidonie balbutia deux mots, elle prononça : voiture verte, puis la petite fille ferma les yeux, inconsciente.
Quand elle se réveilla plusieurs jours plus tard, elle ne souvenait de rien. Des personnes entouraient son lit tout blanc, il y avait sa maman, son papa, des gens qu'elle ne connaissait pas et qui applaudirent à son timide sourire. Maman se précipita pour la serrer dans ses bras, l'embrassa encore et encore et papa qui ne pleurait jamais, essuya la larme qui tremblotait au bord de ses cils. Sidonie avait mal à la tête, très mal, elle caressa Scoubidou, sa peluche préférée.

Ce mardi matin, un merle envoyait ses stridulations monocordes vers le ciel à nouveau tout bleu. Martha ouvrit ses volets et crut avoir rêvé. La place de la Liberté avait retrouvé sa quiétude habituelle et son indolente sérénité. Un chien jaune arrosait le monstrueux platane qui semblait encore plus solitaire et abandonné que jamais. Il n'y avait personne aux alentours et sur la place, un vide sidéral.
Saint-Guilhem-Le-Désert paraissait mort, plus mort et plus désert encore que jamais. Songeuse, elle

descendit chercher le courrier. À la une du quotidien local, elle vit, abasourdie, le portrait d'un bel homme aux cheveux clairs, une photo en noir en blanc, qu'elle reconnut instantanément. Elle se jeta sur un article en particulier qui parlait d'événements tragiques survenus dans la région.
On disait des choses impensables, horribles sur lui, mais il s'agissait bien de lui, de son fils, son fils unique, son enfant, le seul amour de sa vie. Marl avait eu un accident à deux pas d'ici ! Alors, c'était lui la vedette que le film attendait. Marl était si près, tout prês d'elle et elle l'avait loupé, ils s'étaient manqués une fois de plus, une fois de trop.
Elle sentit des larmes jaillir du tréfonds de son cœur devenu écrasant. Une déferlante de spasmes secoua son corps tout entier et des larmes chaudes et violentes comme des torrents d'été, l'étouffèrent et la submergèrent de désespoir. Ruby de retour d'une de ses escapades nocturnes, vint frotter son museau doux contre ses jambes et, c'est sans un cri que Martha s'effondra sur la pierre usée et froide des escaliers.

Toute honte bue

Elle boit le jour, elle boit la nuit, elle boit pour oublier que la vie l'oublie. Elle boit parce que c'est comme ça, qu'elle ne sait rien faire d'autre, qu'elle ne sait plus quand elle a commencé, ni pourquoi et qu'il lui faut sa dose pour continuer le chemin. Elle n'y peut rien, elle n'est maîtresse de rien, surtout pas de son destin, ce sale destin qui s'est joué d'elle, ce sale destin qui… qui quoi ?
Hé toi là-bas, pourquoi tu la regardes comme ça, tu veux sa photo ?
Elle a toutes les bonnes raisons et le poids de la mort de son frère lui pèse sur la gorge comme un cri interdit. Ce jour-là il venait lui rendre visite au terme d'une énième cure. Des cures, combien déjà en avait-elle suivies ? Cinq, six, elle ne sait plus. Des cures, elle n'en a cure, des cures qu'on lui a imposées pour la bonne moralité, par charité crétine. Aussitôt finis ces interludes, ces ateliers de machins et trucs à la con, ces séances de parlottes inutiles, elle a repiqué au jus. Et depuis l'accident, c'est pire ! Elle a ce prétexte-là maintenant. Si elle

n'avait pas suivi cette cure, s'il n'était pas venu la rejoindre juste ce jour-là... si... Avec des si, on mettrait Paris en bouteille, saloperie de bouteille !
Elle lui aurait téléphoné tous les jours, elle lui aurait raconté ses journées, ses envies, ses progrès et ce serait de l'histoire ancienne... ou pas.
Avant le drame, elle ne pouvait s'en prendre qu'à elle-même, à son laxisme, mais ce prétexte-là vaut son pesant d'or. Drapée dans le suaire de ses désastres, elle a endossé l'habit des veuves éplorées, tenu serré contre son cœur, les bottes et le blouson de cuir du disparu comme un trophée macabre, son trophée. Elle est restée figée, empêtrée telle une prêtresse chancelante près du cercueil, qu'elle a accompagné sans pleurs jusqu'au brasier. Devant tous, elle a affiché un faciès sublime et ravagé. Elle les a impressionnés par son courage et sa dignité. Personne ne devait souffrir plus qu'elle, personne et surtout pas sa mère qui était brisée, défigurée. Sa mère qui, elle ne le savait que trop, ne lui pardonnerait jamais.
D'un seul coup, toute la chaîne des Aravis qui les cernait et qu'elle n'avait pas revue depuis ces trois dernières semaines, d'un coup, ces saletés de montagnes en toile de fond avaient fini par l'avoir.
Avant cette calamité, elle aurait pu dire que c'était à cause de sa mère qu'elle buvait, parce qu'elle s'était sentie mal aimée, ou à cause de son mari. Celui-là, même présent, il semblait absent ; ou à cause de son père qui était un zombi aujourd'hui, mais qui buvait sec aussi dans le temps. Si elle

avait la force de réfléchir, de s'interroger, elle dirait que c'est ainsi, les gènes... en tout cas profondément enraciné en elle, ce besoin de se déliter dans des liquides. Cet élément lui rappelle la chaleur du liquide amniotique, avant que son frère n'arrive et qu'il ne focalise toute l'attention et la tendresse de leur mère, avant que tout fiche le camp et que sa vie parte en confettis, avant que le malheur l'empoigne à bras-le-corps et qu'il serre, serre, fort à l'en étouffer.

La voilà bien à quarante-sept ans, en sursis, maigre à faire peur, des jambes comme des allumettes raidies, le visage bouffi et les neurones en jachère. Elle qu'on disait jolie, elle qui avait des airs de Sophie Marceau, la voilà, le corps meurtri par des chutes pas si occasionnelles que ça. Plus d'envie, plus l'énergie d'aller de l'avant, de continuer, d'être simplement comme les autres. Elle n'est pas les autres. Elle vit dans un monde qui n'a rien d'harmonieux, un monde cruel, opaque et nébuleux. Les siens, ses enfants, sa mère, son père, ils posent sur elle un regard si lourd, si accusateur, qu'elle fait front, le culot du pochetron. L'œil glauque, elle se rebiffe, invective, leur jette leurs sales vérités à la gueule. Plutôt que de les entendre moraliser à tout bout de champ, elle préfère encore se noyer dans ses limbes liquides, avoir la langue en carton et les jambes en plomb. Si elle en crève, tant mieux. Faut bien crever un jour. Elle dit qu'elle se fout de tout maintenant.

Dormir. Dormir et se réveiller hagarde, ne plus rien

savoir du passé, du présent, échapper au futur, reboire jusqu'à la délivrance, l'oubli. Et puis replonger désarticulée, sans plus se préoccuper de l'univers détraqué, foncer nuages en tête dans un coma habité de fantômes. C'est son lot et la quête de l'argent nécessaire pour satisfaire cet engrenage infernal. Elle planque ses trésors, ses bouteilles, ses litrons, elle est devenue experte en cachettes secrètes, elle croit berner son monde. Mais de l'octogénaire au plus jeune des gosses de son village, ils savent. Ils savent tous et rient jaune quand ils distinguent son ombre hésitante aux abords de la mairie. Alors, elle crâne, elle, la femme du nouveau maire, elle les toise entre deux jours sans. Si, si, ça lui arrive encore !

Eux, les villageois, ils sont écœurés, ils ont honte pour elle, honte de l'allure qu'elle donne, de ses nippes douteuses, de son maquillage forcé et parfois de la puanteur de ses dessous. Ils plaignent ses pauvres enfants, son généreux époux qui ne l'a pas fichue à la porte et qui supporte le pire après avoir vaguement vécu le meilleur. Eux, ils trouvent qu'elle dénature leur paysage, ils détestent qu'elle habite leur rue, leur village, qu'elle se ramène la bouche pincée et les ongles en berne à leurs réunions amicales. Aucune personne sensée ne l'aborde, ne vient lui parler. Elle parle fort, trop fort et son haleine dégage des remugles de chou aigre à vomir. Ses vieux potes de beuveries baissent la tête, l'air contrit quand elle harangue l'un deux. La

fête est finie, fini donc de trinquer avec eux. Ses anciens amis restent cois, ils n'osent l'enguirlander, la houspiller, la secouer ou même lui parler gentiment, quant à lui proposer de l'aide, une autre cure, à quoi bon ! Tous se méfient de ses réactions. Quand il comprend enfin, qu'elle est de trop, que la situation risque de dégénérer, le nouveau maire, gêné quitte ses interlocuteurs, s'excuse. Humble, il lui prend le bras, chuchote trois mots à son oreille et la ramène chez eux. Elle pourrait démarrer la ritournelle, hurler des insanités devant les enfants, se répandre en calomnies sur les uns et les autres. C'est qu'elle n'a plus peur de rien ni de personne !
Ses proches voisins détournent le regard, se pincent le nez, ils hésitent à se mêler de ce qui ne les regarde plus. Chacun sa bouse ! Les aînés compatissent pour ce petit gars du pays, qui l'a demandé un jour en mariage sans savoir où il mettait les pieds. Heureusement que ses vieux à lui sont morts, les pauvres, ils n'auraient jamais supporté l'affront. Lui, c'est le genre d'homme qu'on plaint comme s'il avait toujours été un saint, mais c'est un brave tout de même et bon chasseur en prime, apte à rendre service, à se dévouer pour la cause des uns et des autres, à œuvrer pour la bonne santé du village. On hausse les sourcils en guise d'impuissance, on ne peut pas comprendre l'incompréhensible, quant à aborder le sujet avec lui… Enfin, s'ils l'ont élu maire c'est qu'il le valait bien, ça ne change rien à ses capacités !

Elle, elle ne crie plus au feu en s'étalant sur leurs paillassons. Certains s'ils le peuvent, s'ils ne sont pas des vieillards cacochymes ou des femmes enceintes, la relèvent, l'escortent ou mieux appellent le mari pour qu'il ramasse encore cette loque ambulante. Elle, perdue dans ses délires, fixera les vaches d'un œil mort, et là, même les vaches en prendront pour leur grade.

Son gosier est sec et ses yeux vides de larmes. Depuis, elle a oublié comme il était fou son jeune frangin quand il enfourchait sa bécane, enfilant les lacets de montagne comme un routard professionnel, qu'il n'était pas. Lui, le cuisinier sur des yachts de milliardaires, traînait bien aussi quelques gamelles, qui n'en a pas, mais apparemment il s'en sortait mieux qu'elle. Il avait surtout un job qui payait bien, des moyens qu'elle n'avait pas. Pourtant il fumait trop souvent cette saloperie d'herbe et se croyait alors invulnérable. Il frimait sur ses puissantes machines étrangères. Caprice, inconscience, soupiraient leurs parents. Et ça ne datait pas d'hier ! Son permis en poche, il en avait accumulé des accidents, bousillé des motos, des petites pour débuter et puis avec l'argent venant, de grosses cylindrées, de plus en plus grosses. C'était de la tôle froissée souvent, puis de sales blessures et des fractures, une multitude de fractures. Dans n'importe quel hôpital partout ailleurs, on savait mieux réparer les os en morceaux que l'âme en compote des garçons en mal de mère. Sa mère ne

dormait plus. Elle dissimulait ses cheveux blancs sous des teintures dorées pour donner le change, son père fixait le téléviseur d'un œil éteint, et lui, il jurait qu'il allait s'amender, se trouver une fille bien, et s'acheter une voiture pour être comme tout le monde.
Depuis son premier gadin en patinette, elle accourait pour lui. À chaque nouveau pépin, elle maudissait les océans, mais volait au secours de son cascadeur de fils, qui pouvait être si doué autrement. Et lui aux dîners de famille, tel le héros solitaire et l'enfant chéri, il exhibait toujours ses cicatrices comme des peintures de guerre. De lui, globalement elle était fière, fière qu'il en réchappe surtout, mais inquiète de toutes ces folies accumulées et des futures. Le regard de sa sœur en ces moments-là, oscillait entre amour toujours, duplicité fraternelle et jalousie morbide. Elle s'en voulait de vivoter dans son patelin perdu au milieu des vaches, d'être une femme au foyer sans réelle passion, quand lui, parcourait le monde, était libre et rencontrait des célébrités.
Tous, ils croyaient benoîtement que l'approche de la quarantaine allait l'assagir. Même s'il roulait à tombeau ouvert en leur laissant croire le contraire. À sa sœur, et seulement à elle, il avouait ne pas savoir comment on pouvait rouler pépère avec des engins aussi diaboliques et elle ne désapprouvait pas ses excès.

Les virages n'ont pas d'état d'âme. Aux incons-

cients qui jouent les matamores et qui les serrent de trop près, ils peuvent réserver de bien macabres surprises.
En ce beau jour de juin, sur les hauteurs de Grasse, les cigales lançaient leur refrain dément vers les cieux chauffés à blanc. Lui ne vit rien, n'entendit rien, ne sentit rien non plus. Longtemps dans le silence sa roue avait tourné, telle une loterie infernale.

À deux pas de là, elle l'attendait nerveuse, excitée comme une sauterelle dans un champ de luzerne, depuis son nouveau centre de désintoxication. Joyeuse et toute étourdie d'avoir tenu bon ces trois semaines sans aucune visite, fière et lucide cette fois, fière de lui dire qu'elle avait réussi ce nouveau pari, et que l'avenir allait être différent, lumineux qu'elle se prendrait en main. Sérieusement. Elle se voyait bien tenir un restaurant avec lui. Elle y croyait dur comme fer. Elle gobait toute la soupe qu'il lui servait. Il avait l'art et la manière et il était passé par là aussi, il savait que ses lubies ne tiendraient pas la route. Il la laissait à ses illusions, ne la contredisait pas.
Il promettait qu'il la soutiendrait encore, mais qu'il fallait qu'elle tienne pour leur père qui luttait contre cette longue et douloureuse maladie. Oui bien sûr, il l'aiderait.
Elle prouverait à sa mère qu'elle aussi pouvait s'en sortir.

Elle l'a attendu comme le messie en grillant toutes ses clopes et celles de ses compagnons de galère.
Il n'est pas arrivé au Centre. Il ne viendra plus à leurs rendez-vous.
À présent, fichez-lui la paix, à la mémoire de son frère, elle trinquera autant de fois qu'il le faudra… et tant qu'elle tiendra debout.

Juliette

Le courage de la goutte d'eau, c'est
qu'elle ose tomber dans le désert
(Lao She, poète Chinois).

Le soleil de mars, lui, fuit à travers les longues gouttes froides, il décampe comme un poltron et disparaît le plus souvent derrière de cotonneux nuages noirs ou mordorés. Depuis des jours et des jours, il pleure cette eau grise qui déborde des soucoupes posées sous les plantes du balcon. Un vent froid l'accompagne, un vent tournoyant, un vent espiègle et méchant à la fois, qui s'insinue entre les replis des manteaux, pénètre et affole les chevelures, angoisse les voyageurs du matin, transis.

Juliette vient de rater son train, ce n'était donc la peine de mettre son réveil une heure à l'avance, quant au prochain il n'arrive que dans vingt minutes. Elle va devoir patienter sur ce quai troué de courants d'air à se geler l'âme et les pieds. Ça ne valait pas le coup non plus de courir comme une dératée et de manquer s'exploser les rotules, elle a tâté les escaliers raides du RER et elle a ressenti une vive douleur, mais elle a continué à courir. Pour des prunes.

Elle sait qu'une fois de plus, elle ne coupera pas à la petite réflexion de Jérôme, bouche pincée et yeux torves. Elle regrette de devoir se coltiner ce type imbu de suffisance, ça l'énerve déjà d'y penser, ça va lui gâcher une partie de sa matinée de croiser ce maniaque des horaires. Elle se dit que c'est juste un pantin, mais ce pantin aux mains moites, débarqué tout frais de son Alsace natale chapeaute le service depuis peu et se prend pour Dieu le père. Il effectuera des grands moulinets des bras en direction de la pendule, puis il rentrera sa chemise qui s'échappe de son pantalon, d'un geste qui se veut viril et qui n'est que répugnant. Les cocktails mondains et autres repas d'affaire, n'arrangeront pas son tour de taille, c'est ce que pense Juliette. Bref s'il restait dormir trois jours durant, tout le monde aurait la paix, et lui, il perdrait vite ce ventre gonflé comme une montgolfière prête à décoller. Car au bureau, tous connaissent son penchant pour les plats en sauce et se moquent de lui.

Juliette frictionne ses genoux, plus de peur que de mal. Elle s'en tirera avec des bleus, et portera des pantalons pour camoufler ce mini désastre. Ses collants sont foutus, mais sa jupe suffisamment longue cachera les dégâts.

Une fois de plus, elle sait qu'elle devra rester pour

régler ses dossiers en retard, à l'heure du déjeuner ! Elle crèvera la dalle et grignotera n'importe quoi entre deux piles de documents à décortiquer. Il fut une époque où elle fumait comme le Stromboli lui-même, et si elle ne prenait pas un gramme, elle était toujours à cran. Elle pourrait par les temps qui courent, se remettre à fumer, et aujourd'hui, elle en crève d'envie. Ainsi, elle escorterait ses collègues jusqu'à la rue, juste devant le porche de la Société, où deux énormes pots sont là exprès pour ça, pour recueillir une armée de mégots plantés dans un désert de sable sale. Elle sait pourtant, qu'elle n'en fera rien, elle a réussi à tenir jusque-là, elle poursuivra son marathon, sans faillir. Elle ira sans doute chercher au distributeur un coca light et trois barres de céréales, que des trucs hyper sucrés, hyper vitaminés qu'elle paiera aussi cher qu'un vrai club sandwich et un verre de jus d'orange, et après elle se dira, demain il faut absolument que je me lève plus tôt… Comme ça, j'aurai le temps de faire la piqûre à maman, sans la bousculer, j'aurai le temps de changer son drap du dessous et sa taie d'oreiller souillée, de lui faire une rapide toilette, de la bichonner un peu, de frictionner ses jambes maigres à l'eau de Cologne, de lui dire de ne pas s'inquiéter, que je gère, et que ce n'est pas de sa faute toute cette chienlit, qu'on va trouver une solution et que ça va s'arranger un jour. Il suffit d'être patient. J'aurai peut-être le temps de préparer du café qui ressemble à du café, d'avaler

des tartines sans risquer de m'étouffer, j'aurai de temps de faire deux ou trois courses chez Auchan, et de manger autre chose que des plats surgelés le soir, j'aurai peut-être le temps de me maquiller un peu, de rendre visite à mon coiffeur, au lieu de ressembler à cette échappée d'un film d'horreur. J'aurai, néanmoins le temps de voir ses yeux gris me supplier, mais de quoi grands dieux !!! Je fais ce que je peux. Alors je m'en irai en ignorant ses prunelles égarées, sa bouche de travers aux lèvres pâles qui ne s'ouvrent que pour absorber le minimum de nourriture et pour laisser filer un mince filet de salive, comme un fil d'Ariane, relié au néant. Je poserai un baiser rapide sur ses joues sans fard et je partirai, le cœur lourd, en me disant que je dois gérer, gérer et ne pas me laisser avoir, une fois de plus par ces reproches silencieux.
Il faudrait aussi que je trouve le temps de répertorier des maisons de santé, de téléphoner à droite et à gauche, de demander des conseils au toubib qui s'occupe d'elle, il faut aussi que j'appelle l'auxiliaire de vie pour qu'elle prenne le relais et n'oublie pas comme la dernière fois, même si elle s'est excusée.
Après, mais beaucoup plus tard, j'aurai peut-être le loisir de m'arrêter pour un repas digne de ce nom à la cafétéria d'en face, je prendrai le temps d'observer les piétons qui passent, décontractés leur sandwich à la main, je pourrais deviser avec mes consœurs sur tel ou tel client, dire des fadaises, n'importe quoi de pas sérieux... et un

autre jour, quand je serai un poil plus sophistiquée, au top de ma forme, j'oserai soutenir le regard bleu pervenche de Luc qui fait mine de ne pas me voir, mais me guette en douce par-dessus ses sourcils en circonflexe. Et je ne comprends toujours pas, pourquoi il s'incruste sans raison valable dans mon bureau deux fois par jour, puis disparaît tel un fantôme facétieux, dès que je frôle les vitres dépolies de son bureau. Comme si je faisais peur ? C'est peut-être ça, après tout, je lui fais peur, je dois faire peur aux hommes, j'ai perdu l'habitude, voilà tout, et j'ai d'autres chats à fouetter, mes cocos, en ce moment que de me laisser conter fleurette par le premier bellâtre aux yeux bleus qui parade !

Juliette s'assied ou plutôt s'affale sur le siège à côté de deux filles en grande conversation, l'une en face de l'autre. Elle serre sa serviette contre son cœur, se cale contre le dossier rigide, ferme les yeux afin de récupérer de sa trop courte nuit. Des types sont déjà pendus à leur téléphone et roucoulent des mots doux à celle qu'ils viennent seulement de quitter ! Elle les envie un peu de cet étalage de tendresse. Des images défilent dans sa tête, qu'elle ne veut plus voir, des images d'avant, quand elle avait encore, le temps de vivre et d'espérer. Autour d'elle, ça fleure l'eau de toilette et des déodorants corporels mélangés, un méli-mélo de parfums douceâtres, juste écœurants. Elle ne se parfume plus, plus le temps, plus l'envie, pour qui, pour quoi ! Son dernier parfum vient de Georges, un anniversaire, un de plus, pour ce que ça lui rappelle ! Elle n'a même pas la force de lire non plus, un an qu'elle n'a pas ouvert un bouquin… Depuis que le ciel lui est tombé sur la tête, depuis que sa mère a eu cette attaque cérébrale foudroyante, et qu'elle l'a hébergée, recueillie comme un vieux chien qui ne mord plus parce qu'il n'a plus de dents, mais qui bouillonne encore de rage, parfois dans ses cauchemars.

Au début dans la précipitation et l'affolement, c'était juste, en attendant, que ses deux frères et sa sœur se manifestent à leur tour et que l'on prenne cette fameuse décision familiale. Pour l'instant, ils envoient, pour parer au plus pressé et se donner bonne conscience, un chèque d'un modeste montant, parce qu'elle s'est fâché tout de même et qu'elle a gauchement menacé de les traîner devant les tribunaux s'ils ne participaient pas. Elle sait que ça ne sert à rien de s'énerver contre eux ni de les prendre à rebrousse poils, elle ne le fera pas de toute façon. Ils sont venus, ont constaté, sont repartis. Et elle est restée seule, avec son gros lot alors qu'elle n'avait même pas joué. Malgré la distance qui les sépare, malgré le choc, la douleur, l'impuissance, ils restent unis encore, mais chacun garde son indépendance, comme les touches d'un piano. Et si ça les arrange peu de contribuer à l'entretien de leur mère, qui a sans doute des économies placées, mais qui n'a donné aucune information à ce sujet, ils sont bien obligés de

coopérer, en attendant que la situation se débloque. Ils disent que Juliette saura toujours quoi faire, gérer les comptes, et qu'elle est la plus compétente, la plus apte pour s'occuper de cette mère arrogante, cette personne autoritaire, rebelle qui n'a jamais été qu'une épouse, une sorte de diva peut-être en d'autres temps, mais pas vraiment une mère et qui les a traités comme des singes savants, mais pas comme des enfants.
Ils ont survécu, se sont forgé un blindage à l'épreuve des assauts paternels, des crises d'égocentrisme, des remises en question permanentes, des coups de blues, des dépressions, des tournées à pétaouchnoc, des galas, ils sont armés pour la vie, et dans leur genre chacun a réussi à faire ce qu'il voulait de son existence, à quelques contrariétés près. Mais tout plutôt qu'être artiste, ils ont enfoui leurs talents, se sont arrangé pour être pragmatiques, matériels. Et la voilà qui resurgit dans leur vie, bouleverse leurs certitudes de vie rangée, la voilà qui rapplique pour se faire plaindre, tel un zombi, une moitié de rien, une carcasse vide aux yeux assassins, et sans voix. Ils ne savent plus s'ils doivent l'aimer toujours, la fuir à jamais ou la haïr pour avoir piétiné leurs rêves d'enfant.
Ils savent aussi qu'il faudra sans doute, se résoudre, à vendre la maison, un simple pavillon de pierre meulière sans intérêt particulier mais qui fut leur havre, leur repaire, à deux pas du lac d'Enghien… là où elle a daigné enfin poser ses valises, après des années d'errance et une carrière

en dents de scie. La maison est une discrète, tapie sous un manteau de lierre, le jardin est en jachère, et rien n'est accessible en fauteuil roulant. Ils savent tout cela, et le reste, les détails de la vie de Juliette son parcours du combattant au quotidien, le caractère ombrageux de leur mère, et si ça ne s'arrange pas dans les mois qui viennent et que les médecins poursuivent le même discours flou, il faudra en passer par là, vendre, tout bazarder même si leur mère conteste encore et toujours, cette dernière issue.
Seule à habiter la région parisienne, Juliette a néanmoins accepté de prendre sa mère à demeure. Elle a dit qu'elle ne se sentait pas si obligée que ça, elle a dit que c'était normal, que c'était sa mère. Elle a momentanément oublié le passé, l'absence récurrente, le cortège de nounous, le manque de tendresse, les humiliations et l'indifférence, cette sombre indifférence qui a baigné toute leur jeunesse.
Les enfants de Juliette sont grands, ils paraissent heureux, ont terminé sans soucis leurs études supérieures, ils se débrouillent bien. Pierre a son appartement, un trois pièces assez spacieux dans le 20e, un bon job dans l'informatique et semble tellement amoureux de sa petite amie Lili, qu'ils se sont mis en ménage à l'automne dernier. Marie vole de ses propres ailes depuis trois ans déjà, Marie s'est lancé dans une carrière que sa mère n'approuve pas forcément, mais c'est son choix, sa vie à elle, pas la sienne. Juliette ne veut pas

s'immiscer dans la vie de ses enfants, elle ne se sent aucun droit de propriété sur eux, les enfants doivent quitter le nid et leurs parents doivent continuer à vivre sans eux et rester disponibles si possible, mais pour Juliette rien ne s'est passé comme elle l'aurait souhaité des années plus tôt. La machine s'est enrayée, et tout se déglingue.
On pourrait penser, qu'elle n'est pas si à plaindre que ça, elle est superbement bien logée, mais son appartement de près de 150 mètres carrés avec vue imprenable sur l'Oise, parait déserté depuis que Georges, son mari, vingt-trois ans d'amour fou et de complicité, a rompu leur bail illimité, bref, a foutu le camp. Il a détalé pour une minette de 21 ans, s'est trouvé dans une banlieue glauque, un pied-à-terre, prêté par un ami compatissant. Un sale coup en traître, que Juliette a encore accusé en serrant les mâchoires, après une période qui oscillait entre prostration et activités débridées. La dépression l'a obligée à consulter, et s'en sont suivies des visites à des psychothérapeutes muets, lesquels se contentaient de remuer le couteau dans la plaie. Juliette a commencé à remonter la pente et elle a tranché dans le vif. Plus de psys, elle a repris du service et son travail d'avocat-conseil, ce qui n'a pas été simple, après dix ans d'interruption.
Georges lui a tout laissé, l'appartement, encore heureux, mais il a vidé leur compte commun, et elle n'avait plus un radis, pour faire face, pour faire tourner la baraque, comme elle dit, régler les charges, des impôts en retard que Georges,

comme par hasard, avait omis de payer, plus tout un tas de factures retrouvées dans ses tiroirs et dont il ne se soucie guère, tout à sa nouvelle et insensée passion. Georges se comporte comme un ado boutonneux, et à près de cinquante ans, il bêtifie comme eux. Il s'est remis au footing en cachant sa panse dans des joggings informes, il se chausse de baskets aux couleurs criardes, il a copié les tournures de langage de certains jeunes, leurs mots et leurs expressions débilitantes et le pire, il a teint ses beaux cheveux poivre et sel en blond jaunasse. Il en devient ahurissant de ridicule, tout le monde rit sous cape, dans son cabinet d'architecte hyper design. Il ne travaille plus qu'un mois sur deux à peine, pas suffisamment en tout cas, pour lui verser une pension régulière. Juliette est sans cesse en train de le relancer par lettre recommandée, elle ne désire pas le voir, mais lui rappelle quand même ses devoirs envers elle et leurs enfants.

Ils venaient juste de finir de payer les traites de ce splendide appartement, qu'il avait conçu dans ses moindres détails, et il a détalé de nuit, comme un mufle, un sale traître, sans rien emporter que ses effets personnels : sa collection de chemises Lacoste, sa cinquantaine de paires de chaussures italiennes cousues main qui ne lui servira plus à rien, des cartons bourrés de C.D, ses bouquins de science-fiction, ses plans sur la comète et son bureau de ministre, qui ne passait pas la porte, bref, toute sa panoplie de macho.

Juliette ne lui pardonnera jamais un tel affront ni le chagrin immense et l'incompréhension des enfants !

Elle commençait juste à souffler, à récupérer de ce cataclysme… et puis c'est arrivé, l'accident, la panique, le sale verdict, vlan, elle a tout pris dans la gueule, et la voilà nounou, nounou de sa mère, à quarante-six balais.

Après que sa mère ait fait un petit séjour à l'hôpital où l'on a pu que constater les dégâts sans doute irréversibles, et personne ne sait les conséquences à long terme… Juliette a annoncé à toute la famille éberluée, qu'elle allait la garder, puisqu'elle était seule elle aussi dorénavant, et libre comme le vent, que ce serait d'une certaine façon, sa thérapie, s'occuper d'une mère, qui ne s'était jamais occupé d'aucun d'entre eux, ce serait son sacerdoce, sa façon de se prouver qu'elle n'était pas seulement qu'une petite bourgeoise branchée, mais une mère respectable et une fille responsable !

Juliette taira ses meurtrissures, mais elle conservera l'image d'une femme douée et gracieuse, mais une garce tout de même, plus spécialement avec ses filles, car si désormais, la soprano est devenue muette, elle apparaît comme une marionnette brisée, clouée dans ce fauteuil et elle ne s'exprime que du bout des cils. La malade garde encore cet air supérieur avec sa fille et avec toutes les autres personnes qui l'entourent d'ailleurs. Et Juliette a beau jouer les gaillardes, être déterminée à mener coûte que coûte, ce combat quotidien, elle a parfois envie de tout envoyer valdinguer et de courir se réfugier chez sa petite sœur au soleil de Lombardie.

Et la ménopause qui s'en mêle, ces saletés d'hormones mettent la pagaille dans son corps déjà si malmené, voilà qu'elles déboulent avec un cortège d'épreuves supplémentaires : des sautes d'humeur, une cellulite qui s'incruste sur ses hanches menues, et la cerise sur le gâteau, ce sont ces bouffées de chaleur qui débarquent quand on ne les attend pas, au moment le plus embarrassant. Cet ultime désagrément va sans doute finir par achever Juliette. Elle doit trop souvent encore, supporter ses collègues mâles et la série de petits commentaires consternants : eh bien ma chère Juliette, comment faites-vous pour avoir si chaud, quand nous on pèle de froid dans nos bureaux à courants d'air, ou encore : quelle mine resplendissante, vous affichez... Quand toute la partie supérieure de son corps, vire couleur coquelicot en pleine réunion et qu'elle voudrait juste, ouvrir les fenêtres en grand et s'y jeter peut-être, en tout cas absorber un grand bol d'air frais, puis se cacher dans un trou de souris et disparaître en leur claquant le beignet à tous.

L'hôpital aurait pu garder sa mère plus longtemps mais les places deviennent si rares. Il ne lui restait que l'option de la confier à une institution, l'envoyer en clinique ou en maison de convalescence, où des gens qualifiés l'auraient prise en charge, mais Sarah Buzzati une fois de plus, même ébranlée dans sa chair, même cassée en deux, à moitié paralysée a joué les vedettes, pas question pour elle de frayer avec le tout venant, avec les éclopés. Elle a freiné des quatre fers, a roulé de gros yeux horrifiés, de toute la puissance de son mental de fer et de ses mots rageurs étalés sur des papiers. C'est comme ça que Juliette a dû céder. Elle s'est mêlée de sa convalescence. Elle s'est appropriée sa mère, et se sent, on ne sait pourquoi, responsable d'elle à cent pour cent.

Juliette estime que cette femme diminuée, ne fera pas le moindre progrès, ailleurs, en dehors de la bienveillance et l'attention particulière de sa fille cadette et des visites enjouées de ses petits enfants, bien que cette grand-mère indigne les ait passablement dédaignés eux aussi, durant leur petite enfance.

Et si Juliette a dit qu'elle s'en chargeait, elle assume, elle se charge de tout, y compris des détails sordides, qu'elle taira aussi, par pudeur et par délicatesse. Elle est fermement convaincue qu'elle la fera remarcher, elle s'y emploie avec le kiné. Ce n'est qu'une affaire de temps et de patience, mais d'amour surtout, car malgré tout, elle aime et admire toujours cette mère approximative, cette créature butée qui garde le menton haut et le regard dur sur une télévision allumée dix heures d'affilée. Alors Juliette refuse de perdre espoir. Le kiné vient chaque jour, il manipule, tire, masse, soutient, parle un peu, encourage, mais à chaque bilan, il affirme que sa patiente devrait changer d'air, voir du monde au lieu de se cramponner à sa détresse et de s'abîmer les yeux à ne regarder que des feuilletons débilitants.

Qu'est-ce qu'elle peut faire de plus, Juliette, et quel genre de monde devrait voir sa mère, qu'est-ce qu'il en sait de cette femme, ce type à la carrure de rugbyman, à part que ses fonctions motrices sont réduites de moitié, qu'elle ne peut dire un mot, et qu'elle en crève, elle qui a chanté les plus riches répertoires à l'Opéra de Paris et partout ailleurs pendant vingt années durant, elle qui meurt de trouille, de dépit et de colère, à rester coincée et inutile, silhouette dérisoire, acculée du fauteuil au lit et du lit au fauteuil roulant.

Juliette a demandé un tiers temps à son ancienne boite qui l'a accepté sans plus de formalité, et c'est une chance inouïe pour elle. Elle ne travaille que trois jours par semaine, consacre tout son temps libre à cette mère, pourtant si peu accommodante.

Le soir, alors qu'elle n'en peut plus déjà du RER, des grèves à répétition, des impondérables du bureau, elle pouvait espérer se distraire en compagnie de ses anciennes et vieilles copines. Mais celles-ci se sont évanouies dans la nature et Juliette n'ose pas les relancer, ni les inviter chez elle, de peur de n'avoir à partager que des idées moroses, que de la rancœur envers cette vie qui n'était pas été si tendre, tous ces derniers temps.

Comme ça devient aussi inimaginable d'envisager de se prélasser dans la salle de bain, sans penser à rien d'autre qu'à elle. Le dimanche, il ne faut pas compter se la couler douce devant une émission de télé, elle n'a plus le temps de rien, ni le désir d'ailleurs, de s'offrir des plaisirs si anodins. Elle n'a plus aucune sorte de courage, ne cuisine plus pour personne, ce qu'elle adorait jadis pour des tablées de quinze personnes, ne la réjouit plus pour deux. Elle ne sort que pour aller bosser, et comme c'est toute une aventure, que de soulever les cinquante kilos d'une femme statique, de l'installer dans son fauteuil roulant, et de faire juste un tour dans les allées du parc voisin, histoire de changer d'air, elle ne va plus nulle part.

Et quand sa mère s'endort enfin, assommée, abrutie par les somnifères, Juliette n'a pas vraiment le choix, elle replonge le nez dans ses dossiers, consulte ses fiches, passe ses coups de fil, entre ses données sur son PC, jusqu'à ce que son dos devienne aussi mal en point qu'un bout de bois vermoulu, que ses yeux brûlent et qu'elle ne voit plus l'écran. Elle s'écroule alors sur son clavier, se réveille en sursaut, le corps ankylosé, puis s'engouffre dans son lit, dort comme une souche sans oser rêver, et peine à se sortir de cet état comateux, dans lequel elle survit depuis des mois.
Juliette se force à garder la tête hors de l'eau pour que ses enfants et sa famille puissent encore être fiers d'elle, mais elle sait que c'est peine perdue, on la prend au pire pour une martyre consentante, ou pour une sacrée maso. Elle tente seulement d'être

à l'écoute des besoins essentiels de Sarah, à ses ordres presque, car si elle ne parle pas, Sarah Buzzati parvient à écrire encore, et gribouille de sa main gauche, des mots malhabiles décochés comme des flèches sur des bouts de papier méchamment froissés et ces petits mots ne sont pas forcément ceux que Juliette voudrait voir.
Elle se dit qu'elle n'a pas mérité ça, sa mère non plus sans doute ; elle avait quand même eu son compte de surprises pour l'année, des surprises dont elle se serait passée. Mais elle a pris le lot, à bras-le-corps, et elle a encaissé, tout le paquet, sans que personne, en dehors de ses enfants, ne se soucie de ses états d'âme à elle.
Voilà bien ce à quoi elle pense, en écoutant d'une oreille, la conversation des deux filles qui sont apparemment heureuses de se retrouver à l'improviste, dans ce train, ce train-train du matin. Élèves d'une grande école, à ce qu'il semble, elles réclament des nouvelles des uns et des autres, s'enhardissent à se révéler leur parcours, les stages payés des clopinettes, leurs petits amis et pas encore maris, les démarches pour intégrer de grandes firmes, les déménagements et les nouvelles installations et les parents qu'il faut ménager et qui regardent leurs poussins s'envoler comme si c'était la fin du monde. Elles évoquent d'anciens copains, ceux de leur promo et les autres, ceux qu'on ne voit plus. Juliette prend la conversation en cours :
– Marie, oui je la vois des fois, enfin pas depuis un

bail. Elle a tout abandonné, tu sais, son copain Joël, celui qu'on avait rencontré à la soirée de l'ESSEC, ce grand type drôle, plutôt brillant, qui était fou amoureux d'elle…

– Un beau mec un peu métissé, rasé la boule à zéro.

– Oui, oui c'est ça, la boule à zéro, comme Kojack…

– Barthes plutôt !

– Si tu veux…

– …et alors !

– Marie l'a laissé tombé comme une vieille chaussette le soir de leur pendaison de crémaillère, pour un vieux schnock, un directeur de théâtre d'une banlieue pourrie, à ce qu'il parait. Tu n'étais pas invitée, ce soir-là, il y avait toute l'équipe et ce type-là…

– Si, si, j'étais invitée, mais j'avais une crève carabinée, enfin un genre de grippe ; il a quel âge le vieux ?

– Dans les cinquante je pense, elle s'est mise en tête d'écrire des scénarios pour lui, de monter une pièce, elle m'en a parlé des heures de cette fichue pièce, et je n'ai rien compris à l'histoire. Et puis elle a tout laissé tomber, c'est fou !

– Et ses parents, comment ils ont réagi, sa mère doit être folle. Sortie deuxième de sa promo, c'est ça ? Elle avait un avenir tout tracé, cool quoi !

– Bof, ses parents s'en fichent. Il parait que son père a même quitté sa mère récemment pour une fille de vingt ans. Tu vois un peu le merdier, gâcher

sa vie pour des histoires de cul, faut être dingue non !
Juliette, à qui rien de la conversation n'a échappé, meurt d'envie d'en savoir plus sur cette fameuse Marie, qui lui rappelle vaguement des souvenirs de jeunesse et la fac. Ce dialogue un peu décousu, la distrait de ses soucis. Elle continue, l'air de rien, d'écouter sans en perdre une miette, en faisant semblant de regarder le ciel pluvieux de cette fin d'hiver, à travers la vitre sale. Et si elle apprenait encore de troublantes révélations sur cette Marie couche-toi-là ! Alors elle tend l'oreille.
Des Marie, il y en a eu tant, surtout dans les années quatre-vingt. Ces jeunes filles doivent avoir dans les 25, 26 ans, peut-être un peu plus, elle ne saurait dire. C'était aussi l'époque des Émilie, Corinne, Julie, Sandrine, pourquoi tout à coup, Juliette pense que ce pourrait tout aussi bien être la sienne de Marie, une idée stupide. Elle croit se souvenir que Marie n'a pas d'ami actuellement, enfin, pas aux dernières nouvelles. Et sa Marie à elle, est sérieuse, elle travaille dans l'édition scientifique, enfin un truc dans ce genre. Juliette n'a jamais été fichue de se rappeler le nom de la boite dans laquelle sa fille travaillait maintenant, c'est vrai qu'elle a changé dernièrement. Mais est-ce que Marie lui a dit au moins, le nom de cette boite ? Il faudra qu'elle le lui redemande. Elle enverra un mail vers midi.
Les demoiselles, tout à leur plaisir de ses retrouvailles inopinées, se lancent dans un descriptif des

stages qu'elles ont effectués, expriment la difficulté de se faire payer à leur juste valeur, disent qu'elles n'ont pas fait autant d'années d'études pour gagner de vulgaires SMIG. Elles n'ont plus l'air de s'intéresser de cette vieille relation qui se nomme Marie, la Marie et ses déboires. Le train approche de Nanterre Préfecture et Juliette devra bientôt descendre et elle sent qu'elle va rester sur sa faim. Elle aurait bien voulu savoir la suite de l'histoire et la suite arrive comme un cheveu sur la soupe.

– J'y repense maintenant, dit la blonde, Julien, mon ex, a laissé entendre à Lise… oui, tu sais celle qui voulait faire gynéco, une fille rousse, avec plein de taches sur la figure, tu vois… bon, eh bien cette fille lui aurait dit que Marie était enceinte et qu'elle comptait garder le bébé. Lise a vu son nom inscrit dans ses listes de patientes pour la visite du troisième mois. N'en parle à personne, mais, elle ne devrait pas raconter des trucs pareils, secrets professionnels.

– On peut dire que Marie les accumule, quand je pense qu'elle me donnait des leçons de morale au bahut, parce que j'avais eu une vague histoire avec un pion, un remplaçant. J'avais quoi, quinze ans, lui vingt-trois, bref !

– Et le type, le vieux, il sait pour le bébé ?

– J'en sais rien, il a déjà quatre gosses, des grands, à ce qu'il parait.

– Normal, à son âge !

Les filles s'arrêtèrent et soupirèrent en même temps, trop heureuses que ce ne soit pas elles qui fassent les frais de telles rumeurs. Celle assise à côté de Juliette reprit en se levant.

– Le temps file, les bêtises c'est plus pour nous, maintenant faut gagner sa croûte ! Allez tchao, on s'appelle, hein ! C'est marrant qu'on se soit retrouvées là, tu ne crois pas ? T'as enregistré mon numéro, mon e-mail, oui ?

Elles fourragèrent dans leurs sacs, tripatouillèrent leurs portables, l'une enfila des gants de cuir fauve, et l'autre s'assura que son rouge à lèvre tenait bon pour son prochain rendez-vous avec des pontes. Elles rattachèrent les boutons de leurs manteaux griffés, s'embrassèrent dans le vide, et promirent de se revoir dès que possible. Celle qui s'était levée, dit pardon en frôlant les genoux abîmés de Juliette, puis elle adressa un signe presque timide à son ancienne camarade de promo et quitta la rame.

Juliette resta la bouche ouverte, prête à dire quelque chose d'essentiel dans une telle situation, et se reprit aussitôt. L'autre fille se préparait aussi à sortir à la prochaine station et elle avait retrouvé un masque impénétrable comme il sied à une jeune et future cadre dynamique.

Juliette se fait un cinéma, qu'est-ce qu'elle va imaginer ? Marie ne peut pas être enceinte et n'avoir rien dit à sa petite maman, ce n'est pas son genre, ce n'est pas Marie. Sa Marie n'est pas comme cette fille, inconséquente et écervelée. La sienne aurait laissé croire qu'elle tenait la situation en main. Juliette pense : manquerait plus qu'un bébé !

Après ces élucubrations et ses estimations furtives, Juliette, fixe sa montre, elle n'a finalement qu'une petite demi-heure de retard, pas si grave, pas de quoi bouleverser l'ordre du monde et la bonne marche de l'entreprise. Pour ne pas aggraver son cas, elle se met néanmoins, à accélérer le pas, ses genoux cuisent sous l'ondée devenue averse et une fois de plus, elle a oublié son parapluie. Avec un peu de chance, ce gros balourd de Jérôme sera à la bourre lui aussi, ou en déplacement.

Elle l'imagine faisant les cent pas dans l'entrée guettant son arrivée, comme si elle n'était qu'une vulgaire secrétaire, c'est d'un ridicule ! Elle débarque trempée comme un bouillon cube, dans un hall vide et maculé de boue grisâtre où de grands parapluies noirs dressaient leurs dards et dégouttent leurs miasmes liquides sur un carrelage rendu glissant. Juliette vise son reflet dans la glace, y voit juste une sorte d'épave floue. Elle chope l'ascenseur, se faufile jusqu'à son bureau, se secoue et s'installe dans son fauteuil, puis remet un semblant d'ordre dans la masse de ses cheveux cuivrés, elle essuie enfin ses lunettes avec soin, tout en essayant de ne pas paraître essoufflée. La journée peut commencer.

Pas de Jérôme à l'horizon, ouf, c'est déjà ça de gagné ! Juliette ouvre l'ordinateur qui met un certain temps à réagir ou la laisse carrément en plan. Elle découvre ses mails, répond illico à certains, laissant la porte de son bureau, entrouverte. Il n'y a aucun bruit dans les couloirs, rien que le ronronne-

ment saccadé d'une photocopieuse et le petit bip de l'ascenseur quand quelqu'un arrive à l'étage.
Elle se met au travail, séance tenante, sans plus penser à autre chose qu'à être rapide, efficace, et décidée à en découdre avec certains clients récalcitrants.
Vers dix heures trente, elle téléphone à la femme qui vient chaque jour à son domicile, et qui s'arrange pour libérer Juliette des menus travaux. La fille affirme que ce n'est pas dans ses attributions, ce brin de « ménage » mais Juliette sait être généreuse et lui octroie un supplément en liquide de la main à la main, pour qu'un minimum soit fait tout de même.
Luc entre sans frapper, sans s'excuser, puisque la porte semblait l'y inviter, il demande le dossier « Henriot » , un client qu'il doit rencontrer ce jour même. Juliette se dit que ce n'est qu'un prétexte pour voir ce qu'elle fricote, et où elle en est dans ses réquisitoires. Elle sait qu'elle fait des jaloux, à ne travailler que trois jours par semaine, personne autour d'elle n'est au courant de sa vie familiale, sauf bien sûr le PDG, qu'elle connaît depuis toujours et qui est un copain de fac de Justin son frère aîné.
Pourquoi devrait-elle conserver ce dossier, cet Henriot ne fait pas partie de son cheptel. Juliette hausse les sourcils et remue négativement la tête, sans plus se soucier de son visiteur. Luc qui n'a rien d'autre à dire d'intéressant, ne s'attarde pas. Comme il se dirige sans conviction vers la sortie, il

promène vaguement un doigt sur les étagères encombrées. Comme un gamin qui a trouvé un billet doux dans la poche de son père, il annonce que la femme de ménage ne doit pas passer souvent par là et exhibe un doigt gris de poussière, en signe d'au revoir.
N'importe quoi ! pensa Juliette. De quoi se mêle-t-il celui-là, il aurait pu lui dire quelque chose de gentil, bonjour par exemple, comment allez-vous Juliette, par ce temps de chien ? Juliette trouve que certains de ses collègues masculins sont parfois bien étranges. Elle doit être coiffée comme une punk attardée, attifée comme une rombière, sans attrait qui soit seulement remarquable. C'est vrai, qu'elle n'a plus le temps de courir les magasins, et que ses tailleurs datent, d'au moins cinq ans. Elle discerne d'ailleurs, sur son manteau noir accroché à la patère, des poils de chat qui sont restés accrochés, malgré l'ondée. Elle aurait dû se débarrasser de cet animal, ce vieux chat qui lui donne plus de tracas que d'agrément, et qui régurgite quotidiennement ses croquettes sur les tapis persans, et voilà que récemment, elle s'est aperçu qu'il devenait aveugle aussi et qu'il pissait à côté de la litière. Juliette ne peut cependant se résoudre à le faire piquer, il doit donc mourir de sa belle mort, à moins qu'il ne tombe malade lui aussi, auquel cas… elle ne fera pas de sentiment pour un chat.
Marie n'a pas souhaité s'en encombrer, elle dit qu'il a ses habitudes à Cergy, qu'on ne change pas les

habitudes d'un vieux chat. Le chat qui s'appelle Hector dort des journées entières, enfin il tient compagnie à sa mère qui vénère plus les félins que les humains, Sarah à regret, a dû se séparer du sien, un siamois au caractère trempé qui ne s'entendait pas du tout avec ce pauvre et vieux Hector.

La matinée passa. Vers treize heures, Juliette décida de faire preuve de civilité et de tenter une ébauche de dialogue avec Luc en lui proposant un café… entre esseulés. Tant de bruits couraient dans les étages…
Comme elle, Luc était aussi divorcé depuis peu, mais ils n'avaient jamais évoqué leurs vies privées, pas eu le temps, ni l'envie, d'ailleurs comment s'étendre sur des chapitres aussi peu reluisants ! Les collègues ne savaient rien d'elle non plus, et après son divorce naturellement, elle avait gardé son alliance !
Luc qui aurait pu en d'autres lieux, attirer une belle plante comme Juliette, était absent. Juliette pensa téléphoner à Marie, mais se contenta d'envoyer un mail succinct, elle songea encore à cette conversation décousue et aux cancans des deux filles. Juliette n'avait pas le courage d'entendre certaines choses, qui auraient pu la contrarier. Marie savait être discrète sur ses relations, et sa mère, devait souvent lui arracher les mots de la bouche, pour savoir deux ou trois bribes de ses aventures. Après elle s'en voulait d'être indiscrète, ou de n'avoir pas

su établir ou garder un dialogue suffisant. La mère et la fille avaient pris l'habitude de se transmettre des messages via Internet, c'était si facile de communiquer ainsi, si impersonnel pourtant, et il était impossible de savoir si on disait la stricte vérité, si ça allait bien ou plutôt mal, les mots paraissaient sans vie, plats ou vides d'émotion. Mais au moins Juliette pouvait lire et relire ces informations banales et les stocker. Au téléphone c'était différent, à travers la voix de sa fille, elle sentait d'instinct si quelque chose clochait. Elle flairait un coup de spleen, des ennuis… une mère sent ces choses-là pensa-t-elle.
Marie, de son lieu de travail, répondit du tac au tac et comme d'habitude, demanda des nouvelles de sa grand-mère, mais elle ne mentionna pas de visite immédiate, ni rien de précis sur ses projets à court terme. Juliette renvoya un nouveau mail et invita sa fille à déjeuner le lendemain, hors de la maison, au restau du coin, le chinois où elles adoraient déguster un des meilleurs canard laqué de la région. Elles parlaient alors de tout et de rien, de la mode, des aléas du travail, elles oubliaient le reste, les choses qui dérangent, un court moment dans l'ambiance feutré du restaurant. Juliette, elle, aimait ressasser de vieilles histoires d'avant, quand ils étaient petits, leurs chouettes vacances, les voyages, leurs bêtises, Marie parlait de son père qui bien que toujours absorbé par des créations diverses, savait assumer sa petite famille et s'occuper de tout son monde, ce temps-là était

révolu. Elles discutaient de la pluie qui n'en finissait pas de tomber depuis des jours, du printemps qui tardait à venir, de cette météo capricieuse, des infos pas marrantes, du temps qui passait trop vite et qui n'apportait rien de bien réjouissant depuis un certain temps.

Juliette n'eut pas de nouvelle réponse cette fois-ci, sans doute que Marie était déjà sortie elle aussi, pour déjeuner.

Elle attendit un retour de Marie, quand son portable vibra dans son sac à main.

C'était son fils Pierre qui venait aussi s'enquérir de la santé de sa grand-mère, mais il voulait surtout lui parler de sa sœur Marie, il ne donna aucun détail précis, il disait vouloir lui parler en tête à tête, disant que c'était nécessaire... et suffisamment important pour qu'ils en parlent de vive voix. Juliette qui voulait en savoir plus, s'énerva, haussa le ton, s'emporta dans son téléphone :

– Mais enfin dit-elle, Pierre, tu en as trop dit ou pas assez, ne me laisse pas comme ça dans le noir, tu connais déjà la somme de soucis que j'ai avec mamie, les complications avec mon travail, et ton crétin de père qui roucoule avec une gamine de ton âge, tu sais tout cela et tu en rajoutes, je ne vais pas fermer l'œil de la nuit, tu le sais ça ?

Malgré tout, elle a beau s'entêter, elle sait que ça ne sert à rien d'insister, Pierre a toujours été le plus têtu de ses deux enfants, et quand il a quelque chose en tête, elle ne le fera pas changer d'avis. Elle accepte un rendez-vous rapide pour le soir même, à la sortie de son bureau, boulevard Magenta, puis se souvient que ce n'est pas possible ce soir, le kiné passe plus tard que d'habitude, en soirée et il a demandé aussi à la rencontrer !

Mais qu'est-ce qu'ils ont tous à vouloir lui parler aujourd'hui, mais qu'est-ce qu'ils ont tous à se liguer contre elle et à lui embrouiller l'esprit. Elle sent que déjà la migraine grimpe à l'assaut de son pauvre crâne, qu'elle s'installe, prend ses aises et ne la quittera pas de sitôt. En désespoir de cause, elle doit reporter le rendez-vous de Pierre pour le lendemain en fin d'après-midi, elle essaiera de le voir avant d'aller dîner avec Marie, enfin elle essaiera de le caser dans son emploi du temps... ils vont bien finir par l'achever.

En attendant, il faut se remettre au travail, prendre deux aspirines pour tenir la distance. Avec tous ces contretemps elle n'a pratiquement rien pu avaler, que ces sempiternelles barres chocolatées hyper sucrées. Elle s'en veut d'avoir craqué pour cette cochonnerie. Et comme elle meure de soif, elle file remplir une bouteille d'eau fraîche, aux toilettes, pour éliminer tout ça ! Elle y croise Luc, en grande conversation avec une réceptionniste, l'air plus exubérant que tout à l'heure. Juliette le soupçonne de n'avoir pas bu que de l'eau minérale à la cafétéria. Il rougit en la voyant passer, il cache ses mains au fond de ses poches, comme un grand dadais. Ce rougissement n'échappe pas à la fille qui minaude tant et plus et qui prend des mines de lycéenne effarouchée, elle aussi.

Juliette a comme l'impression d'être une vieille toupie, une ringarde de première, la seule femme un tantinet sérieuse et responsable, la seule qui ne flirte pas à tout bout de champ avec ses collègues masculins, la seule de la boite qui ne s'accorde aucune sorte de détente, ni aucune sorte de vie privée non plus. Elle constate une fois de plus, que Luc est un homme vraiment agréable à regarder, d'une belle taille, et que ses cheveux de surfeur, lui donnent un certain charme mais dénotent cependant avec ses complets vestons vieille France. Elle sourit de contentement d'avoir remarqué ce soupçon de timidité exacerbée. Ce n'est pourtant pas le moment de folâtrer dans les couloirs, ni de penser à des peccadilles…

Un autre jour, sans doute, elle se laissera aller, elle en a bien le droit aussi, elle a surtout besoin d'une épaule solide pour s'y appuyer et se souvenir que c'était bon avant, d'être simplement une femme, et pas juste une mère, une fille ou une bonne à tout faire. Elle en a carrément marre de vouloir porter le monde entier sur son dos, à elle toute seule. Il est temps que tout cela change.

L'aspirine a fait son effet et Juliette a abattu sa somme de travail pour justifier de son salaire. Le temps s'est assagi, le vent s'est calmé, et le froid est moins piquant, c'est moins gris dehors. Elle trouve immédiatement une place assise dans le RER, ce qui au retour est plutôt aléatoire.

Elle aimerait pouvoir communiquer avec sa mère, l'entendre à nouveau s'exprimer, et jeter aux orties ses petits blocs notes insupportables. Dans l'idéal, si sa mère pouvait reparler à peu près normalement, elle pourrait comprendre ses desiderata exacts. En attendant, Juliette suppose que sa mère ne fait aucun effort exprès, et se contente de se faire materner, comme une enfant trop gâtée, ce qu'elle a toujours été. Mais que pourrait lui reprocher Sarah, sinon que Juliette se fasse un souci d'encre à chaque seconde de la journée, et craindre le pire pour elle : c'est-à-dire une rechute ou la mort. Les médecins l'ont bien envisagé eux. Ils ont presque laissé entendre qu'elle avait eu de la chance de s'en tirer à si bon compte, et Juliette est furieuse après ces idiots de médecins qui n'y connaissent rien. Comment peut-on délivrer des messages pareils à une famille déjà consternée.

Au seuil de sa porte, elle aperçoit le kiné. Il a l'œil qui frise et un sourire radieux accroché à sa face de lune rousse. D'ailleurs tout le monde l'accueille avec bonheur, l'assistante de vie aussi qui fait si grise mine d'habitude, plaisante, et même Sarah affiche un simili sourire, un rictus qui se veut total et qui n'est qu'une virgule en suspension, sur son visage émacié.

– On y arrive enfin, ça réagit, claironne-t-il, votre mère a remué le pied droit plus d'une fois et la main aussi, et j'ai refait les tests plusieurs fois, ils sont positifs, c'est inespéré. Alors si elle est d'accord, je dis bien si elle veut, je ne veux pas la bousculer, il y a une place pour elle dans une clinique de rééducation fonctionnelle, où je pratique… c'est une des meilleures, des plus cotées dans la région, située à deux pas de chez vous, elle y sera très entourée… Vous savez, ils ont tout le matériel nécessaire pour la faire progresser rapidement, une piscine aussi, alors qu'ici, je risque de stagner, et ce n'est pas le meilleur pour elle, dites oui, et demain je m'occupe de tout pour vous, dites oui !

– Et elle, elle est d'accord ? Tu es d'accord maintenant, maman pour partir et commencer ta rééducation sérieusement, je viendrai te voir souvent, je ne te laisserai pas seule, tu le sais, les enfants viendront aussi les week-ends, on viendra tous, j'en parlerai à Georges, si tu veux qu'il vienne te voir aussi, il viendra, t'es d'accord ?

– Plus que d'accord, regardez-la, elle boue littéralement à l'idée de remarcher, pour le reste, la parole, ça viendra en temps et en heure, le moment venu, j'ai vu des cas bien plus tragiques, revenir à une quasi-normalité. Je vous assure, on est sur le bon chemin, vous verrez on va y arriver !

Après cette journée épuisante, autant physiquement que moralement Juliette s'enhardit à montrer ses genoux couronnés au kiné, qui sans faire de manière, l'ausculta très sérieusement, et jugea qu'il n'y avait rien de bien conséquent et qu'elle pourrait continuer de trotter comme une gazelle. Il conseilla un peu de repos, et lui donna une pommade spéciale à étaler en petits massages réguliers, et pro-

mit de lui en faire un dès demain, si elle avait encore mal, enfin si elle trouvait le temps, comme ça entre deux, sans rendez-vous.
Juliette raccompagna le kiné qui n'en finissait pas de s'exclamer, qu'on voyait le bout du tunnel. Elle retourna embrasser l'auteur de ses jours avec une infinie tendresse, sans que celle-ci ne la repousse pour une fois, elle la câlina longtemps tandis que de grosses larmes roulaient doucement sur leurs joues respectives. Elle la berça comme un petit enfant, sans retenue, et lui promit un repas hautement amélioré, un repas digne d'un chef, pour fêter l'événement. Avant de regagner sa cuisine, elle s'octroya un petit verre de Porto, pour clore cette soirée riche en émotions. Juliette le dégusta seule, sa mère ne pouvant l'accompagner à cause de ses nombreux médicaments. Elles dînèrent en tête à tête, sans le bruit dérangeant de la télé, avec juste une des plus belles œuvres de Schumann en fond sonore. Sarah apprécia ce détail bien qu'elle ne jouât plus de piano depuis l'accident, privée de sa main droite comme ce compositeur. Elle mangea de meilleur appétit que d'habitude, Schumann étant un de ses compositeurs favoris, elle savait tout de lui. Elle aurait pu appeler sa dernière fille Clara au lieu de Juliette, ce prénom sonnait aussi faux, que le trop fameux drame de Shakespeare, mais Luis son époux, avait tranché.

Désormais pour Juliette, l'avenir apparaissait sous de meilleurs auspices, il restait encore à élucider le

mystérieux coup de fil de Pierre et demain on y verrait plus clair. Demain serait un autre jour.
Marie, avait envoyé un mail, elle disait qu'elle n'avait pas vraiment envie d'aller chez le Chinois, que rien que de penser à l'odeur du canard laqué, et aux rouleaux de printemps mollassons, ça lui fichait la nausée. Elle préférait manger une salade et un bout de fromage avec Mamie.
Alors là, c'est le pompon, pensa Juliette. Ce n'était pas dans les habitudes de Marie de refuser un restau, décidément le monde changeait autour d'elle.
Juliette renvoya ces mots :
– Tu es la bienvenue quand tu veux dans cette maison, débrouille-toi pour apporter un dessert aux pommes pour Mamie qui en sera ravie, d'autant qu'elle aura certainement une bonne nouvelle à t'annoncer elle-même, tu en sauras plus demain, et si tu peux préviens aussi Pierre et dis-lui de nous rejoindre ici, à l'heure qui l'arrange. Il avait soi-disant des trucs importants à me dire, mais soyez gentils, ne m'annoncez plus aucune surprise pour ce soir, j'ai eu mon compte et je suis sur les rotules, au propre comme au figuré… gros gros bisous, à demain, maman.

Le soir même, après ce repas un rien arrosé par Juliette qui avait sérieusement besoin de décompresser, elle reçut encore un appel de Pierre.

– Maman, je suis vraiment désolé de te déranger si tard, j'ai un empêchement, de dernière minute pour

demain, mais bon puisque tu insistes, je vais tout te dire… quand même. Marie et moi, on compte ouvrir notre boite ensemble, elle s'occupera de toute la partie commerciale et moi de la technique… je voulais juste savoir si Mamie avait toujours ce studio dans le 12e, j'aimerais bien lui louer si c'est possible, pour y installer nos bureaux, le quartier nous conviendrait bien.
– Pierre, tu es sûr que c'est une bonne idée de vous lancer ainsi, vous avez bien réfléchi, je peux vous aider aussi pour les papiers, enfin on en reparlera. Attends pour le studio, je demande à ta grand-mère… non ce n'est pas possible ce soir, elle dort déjà, elle a pris ses cachets… et toi, tu n'as pas de place chez toi, ta chambre d'amis… tu disais que c'était assez grand cet appartement ?
– Eh bien, comment te dire ça… dans huit mois, exactement, notre chambre d'amis risque d'être squattée par un invité surprise, tu vois ce que je veux dire !
Juliette sous le coup de l'émotion, semblait ne pas réaliser…
– …
– Eh bien oui, tu comprends… Lili attend un bébé, je ne voulais pas te le dire au téléphone, mais voilà c'est fait… c'est super hein, on est fous de joie, les parents de Lili aussi. Et j'attends que papa rentre de voyage pour le lui dire, il est au Brésil, en ce moment ! Hou, hou, maman, t'es encore là ??? Tu vas être grand-mère… et moi papa, ça fait drôle, hein ?

– …

Juliette resta sans voix.

– Félicitations mes petits, parvint-elle à murmurer au bord des larmes.

Au même moment, Sarah Buzzati qui avait oublié d'aller aux toilettes avant de s'endormir et qui craignait par-dessus tout de mouiller son lit dans son sommeil artificiel, se souleva avec détermination, s'assit sur son fauteuil roulant, en direction des WC. Elle longea le corridor, entendit sa fille au salon qui conversait toujours au téléphone, elle appuya sur le commutateur, mais elle eut beau s'échiner sur le bouton, la pièce resta pétrifiée dans le noir, tout resta absolument opaque et obscur, et comme elle ne pouvait crier, ni appeler Juliette, elle ressentit comme un déchirement au niveau de son cœur, avant de perdre connaissance, et se rendit à peine compte que plus jamais, elle ne verrait la lumière du jour, que c'en était fini une fois pour toutes de ses chances et de ses beaux espoirs de remarcher un jour, que c'en était fini pour toujours, d'elle, Sarah Buzzati.

Et tandis que Juliette affalée dans son canapé, se remettait difficilement de cette avalanche d'émotions, et pleurait de grosses larmes contre ses coussins soyeux, Sarah Buzzati perçut encore quelques bribes de notes douces dans un quasi-brouillard, et ces quelques mots noyés dans le tourbillon d'une musique lointaine !

– Quelle journée ! Mes aïeux, quelle journée ! Faut

que je boive quelque chose, quand maman va apprendre ça… !!!

Sarah Buzzati ne sut jamais de quoi il s'agissait, si Juliette parlait d'un drame ou d'une bonne nouvelle, et elle rendit son dernier soupir, à l'orée des toilettes, le doigt figé sur l'interrupteur. Robert Schumann était reparti sur la platine pour son énième exécution de la symphonie N° 4, et Sarah Buzzati, autrefois une merveilleuse interprète, l'avait déjà presque rejoint au firmament des musiciens.

Raphaëlle

Dix-huit heures et déjà le brouillard s'épaississait sur la nationale 4. La bruine sournoise rendait la route luisante comme un ruban grisé. Nicolas se hâtait de rentrer chez lui. Un long week-end l'attendait. Lundi, il faisait le pont. Mardi c'était Noël. Mercredi, jour de la Saint-Étienne donc férié pour les Alsaciens. Longtemps il avait cru qu'Étienne était le saint patron de l'Alsace, sauf qu'il s'agissait d'Odile. Ça faisait deux ans maintenant que Nicolas habitait au pied du Mont Sainte-Odile.

Cinq jours de congé ! Quel bonheur ! Il n'a pas eu autant de repos depuis bien longtemps. Depuis que son frère jumeau s'est tué en moto, en juin de l'année dernière. Nicolas a décidé de rayer toute fête de son calendrier personnel, alors Noël sera pour lui un jour ordinaire, il tentera de ne pas y penser. Il a prévenu ses parents. Son père n'a pas insisté. Il ne peut pas, ne souhaite pas faire bonne figure seulement pour la galerie, pour les pièces rapportées. Il n'y tient pas, c'est tout.

Ce n'est qu'un demi mensonge, mais il leur a dit

qu'il avait du boulot par-dessus la tête, et qu'il ne quitterait pas Paris : il sait que sa mère lui pardonnera ce manquement à la sacro-sainte fête de famille, pour eux aussi c'est tellement affreux. Il téléphonera, passera la voir plus tard, enfin après le 1er janvier, que pourrait-il faire pour la consoler, se dédoubler ? Tout seul, il est comme une tasse sans sa soucoupe, comme une reliure sans pages, comme un pantin sans ficelles.

Il se réjouit pourtant de revoir sa maison, de savourer ces cinq jours, sans devoir composer. Sa douleur et son chagrin, il les gardera au chaud dans sa solitude. À Paris, il y a toujours les amis qui insistent, des relations à ménager, des clients à sortir, des femmes à rassurer, pas moyen de souffler.

Sa petite maison d'édition ronronne doucement. Il est plus heureux maintenant dans ses choix, après tant d'années de doute. À trente ans, il était temps de bâtir enfin, d'avoir une situation stable. Il a monté sa boite seul, sans relation. Il est assez fier de lui, mène la vie qu'il veut, sort peu, il n'aime pas traîner le soir. Les concerts, la musique, occupent une grande part de sa vie, néanmoins. Il aime décompresser, ne se refuse pas une bouteille millésimée, un de ses péchés mignons qu'il apprécie de partager avec une amie chère, si elle approuve ce penchant et sait déguster sans faire de commentaires idiots.

Cette année, il a essuyé un échec cuisant. Dorothée, n'a pas compris son désir de vie rangée à

trente ans. Elle essaie de le persuader que rencontrer du monde fait partie de son métier. Mais Nicolas estime trop les gens, les vrais pour accorder un semblant d'attention à ceux qui vivent de chimères, s'égarent dans le luxe et la débauche, ceux qui s'enivrent d'illusions et qui étalent leur fric avec ostentation.
Nicolas recherche des auteurs, mais pas n'importe lesquels. Il apprécie la poésie de l'écriture, ceux qui utilisent une langue imagée, celle qui touche le cœur et l'âme, des histoires simples qui savent faire vibrer l'émotion pure avec des personnages authentiques et humains.
Dorothée n'a pas souhaité le suivre sur ce chemin-là. Elle lui a dit qu'il fusillait son ascension sociale à ne vouloir écouter que les opprimés et les paumés. Elle était persuadée avoir raison. Ils en discutaient tout le temps et à bout d'arguments, elle fuyait, sortait en claquant ses talons trop pointus sur les tommettes de l'entrée, le laissant désarçonné par tant d'opiniâtreté. Dorothée partie. La belle affaire, elle ne lui manque pas tant que ça.

Ces cinq jours, Nicolas va s'enfermer à double tour dans son home poussiéreux, avec Brahms et Mahler pour compagnons du soir. Il fera tonner la nouvelle chaîne hi-fi, profitera de ce temps béni pour ne rien faire, n'aller nulle part, ne voir personne. Il débouchera deux ou trois bouteilles rares, s'enivrera sans complexe, seul. Il s'est fait ce cadeau pour Noël, trois cartons de crus sélectionnés avec soin par un vieil ami œnologue. Il s'en réjouit à l'avance et monte le son de sa radio pour se laisser chavirer par la symphonie n°4 de Mendelssohn.

– Mais qu'est-ce qu'il a ce con à me faire des appels de phares !
Nicolas pense qu'il y a sans doute des flics au prochain virage. Le compteur affiche 90, il ne roule pas si vite. Machinalement il lève le pied et malgré la brume qui s'épaissit, il aperçoit une forme qui parait humaine sur la chaussée. Quelqu'un assis au milieu de la route. C'est dingue pense-t-il avant de freiner à mort. Les pneus de sa Laguna ne crissent même pas. Il se gare sur le bas-côté, met ses warnings et descend pour en avoir le cœur net.

À quelques pas, une femme est là qui le regarde s'approcher et gesticuler. Elle ne fait pas mine de se relever quand il arrive à sa hauteur, alors qu'un autre conducteur le double, hurle des injures et lui fait un bras d'honneur.
– Vous n'avez rien ! Bon Dieu, j'aurai pu vous écraser. Êtes-vous blessée, pouvez-vous marcher, madame ? Madame, crie-t-il enfin ! Faut bouger de là ! Je suis mal garé, et c'est terriblement dangereux cette route, vous savez !
La femme ne semble pas blessée, un peu hagarde peut-être. Nicolas l'aide à se lever, il la guide vers son véhicule. Malgré la pluie fine et froide, elle ne parait ni frigorifiée, ni même mouillée. L'air est pourtant glacial et Nicolas frissonne dans sa che-

mise traversée de mille gouttes gelées. Il n'a pas pris le temps d'enfiler son manteau plié en deux sur la plage arrière.
La jeune femme ne porte qu'une veste légère claire et ses cheveux sont flous et décoiffés mais secs. Il les frôle en l'accompagnant jusqu'à sa voiture.
– Que faisiez-vous au beau milieu de la route ? lui demande-t-il.
– Je vous attendais sans doute, répondit-elle, le plus sérieusement du monde.
– Puis-je vous déposer quelque part à Strasbourg, nous ne sommes qu'à une heure de route.
– Je n'y connais personne, avoue-t-elle.
Nicolas pense qu'il a sans doute affaire à une illuminée. Il hausse les épaules, l'air visiblement agacé.
– Je m'appelle Nicolas et vous ?
– Raphaëlle. La femme répéta ce nom à plusieurs reprises, comme pour s'en persuader elle-même, étonnée du son de sa propre voix.
– Joli prénom, Raphaëlle, mais ça ne me dit pas ce que vous faisiez plantée là sur cette route. J'aurai pu vous écraser ! Bon, on se gèle, vous allez tout me raconter, j'adore les histoires.
– Il n'y a rien à raconter, murmura Raphaëlle.

– Je vous prête mon téléphone, voulez-vous appeler quelqu'un ?
– Je ne connais personne, personne, redit-elle, presque butée
– Vous pouvez parler, je ne vais pas vous manger,

quoique je meure de faim, dit-il, histoire de dédramatiser l'atmosphère. Vous aurait-on agressée, volée ou pire, vous n'avez ni sac, ni papiers ?
– Je ne crois pas en avoir besoin, dit-elle, je voyage toujours léger.
Cette fille se fout de lui. Il n'aime pas cette situation qui l'embarrasse, il fulmine en secret, mais continue :
– J'essaie seulement de vous aider et je ne sais vraiment pas quoi faire de vous. Il se trouve que j'ai des idées pour occuper ce week-end, mais vous ne faites pas spécialement partie de mes projets.
– C'est dommage, répondit Raphaëlle, vous me paraissiez sympathique, on pourrait faire connaissance.
– Faudrait m'en dire plus. De nos jours, on ne peut accorder sa confiance au premier individu qui passe. Vous n'avez pas peur ?
– Je n'ai pas peur de vous et je sais que vous n'êtes pas n'importe qui, Nicolas ! J'ai comme l'impression de déjà vous connaître.
– Holà, on se calme, belle Raphaëlle, j'ignore tout de vous, sans doute vous ai-je sauvé la vie. Pensez-y !
– Merci monsieur Nicolas, répondit-elle avec un soupçon de moquerie de sa belle voix grave.
– Je suis flatté de votre reconnaissance, mais nous devons décider, que fait-on ? Où dois-je vous déposer, dites-moi quelque chose, donnez-moi un indice, où je n'aurai d'autre choix que vous laisser au premier commissariat venu. Faites un effort, expri-

mez-vous. Je ne ferai aucun commentaire je vous le promets et je m'attends à tout.
– Je n'ai aucune conversation et je n'aime pas raconter ma vie, d'ailleurs il n'y a rien à en dire, souffla Gabrielle.
– Je suis bien certain pourtant que ça doit être passionnant, dit Nicolas, sans être curieux, avouez qu'une belle fille qui se couche sur la route et attend je ne sais quoi, c'est quand même troublant, non ? Vous auriez pu vous faire embarquer par un sale type, et vous avez juste de la chance d'être tombée sur moi.
Au bout de quelques minutes de silence pesant, Nicolas, à regret, s'entendit dire :
– Bon, puisque vous ne voulez pas m'aider à y voir clair, je vous laisse profiter de ce vaisseau confortable et chaud. J'habite un peu à l'extérieur de la ville. Je vous préviens, Raphaëlle sans nom de famille, je vous donne l'hospitalité pour ce soir parce qu'il est tard, mais demain vous devrez vous débrouiller toute seule. Car ce n'est pas avec moi que vous réaliserez le réveillon de vos rêves. J'ai décidé d'être un ours et question cuisine, je sais à peine juste faire des omelettes et réchauffer des surgelés.
– Ça me va, dit-elle j'adore faire la cuisine, j'en ai si rarement l'occasion.
– Que vous êtes donc étrange, bel ange, dit Nicolas, songeur.

Le voyage se poursuivit dans le silence. Nicolas

baissa le son de la stéréo, il avait raté le superbe final de sa symphonie préférée. On apercevait au loin Strasbourg, noyée dans les brumes opalescentes. Des milliers d'éclairages comme des nuées de lucioles clignotaient de façon saccadée. La circulation devenait plus dense.

Nicolas se demanda s'il ne faisait pas une bourde monumentale en invitant cette fille. Elle paraissait inoffensive, un peu perdue peut-être. Il n'avait pas envie de saccager ce week-end si prometteur, ni de s'encombrer d'une inconnue si bizarre. La femme paraissait jeune, d'une élégance naturelle. Il se dégageait d'elle une aura, un mystère et en même temps une certaine autorité, et cette voix à damner les saints, cette voix ! Il pensa : si ses yeux sont verts ou bleus, je l'invite pour deux jours, à voir. Il aimait les femmes discrètes, peu sophistiquées, celles qui savaient écouter plutôt que bavasser des heures, et cette fille-là était quasiment muette. Et comme elle semblait concentrée, et écouter la musique, il se dit qu'elle devait se régaler aussi.

– Aimez-vous Brahms ? dit-il soudain.

– Oh, j'adore toutes les musiques ou presque, avoua-t-elle

– Eh bien parfait, dans ce cas nous avons déjà un point commun.

La voiture s'engagea dans un chemin étroit et caillouteux. Ils stoppèrent devant une vieille bâtisse à la haute toiture garnie d'une multitude de lucarnes. Même dans l'obscurité, on discernait les murs à colombages ornés de jardinières où subsistaient encore des géraniums pétrifiés par le gel, tout racornis. Sur l'aile droite de la maison, un toit pentu abritait un tas de rondins remarquablement bien empilés.

Quand ils descendirent du véhicule, une chatte tricolore miaula et vint se frotter aux jambes de Nicolas.

– Me voilà revenu, ma Canaille. Voici Raphaëlle. J'espère que vous aimez les chats ?

– Je ne les déteste pas, dit-elle, je crois pourtant qu'ils se méfient de moi.

Nicolas sortit les bagages du coffre et ouvrit une lourde porte en chêne.

– Entrez Raphaëlle. Entrez. Si vous n'avez rien à porter, voudriez-vous s'il vous plaît, prendre une bûche ou deux dans le tas. Nous allons allumer la cheminée, la maison doit être glaciale.

Raphaëlle entra, les bras chargés de trois bûches.

– Je ne vous en demandais pas tant, merci, dit Nicolas, en la laissant passer.

Quoique fort ancienne, la maison semblait confortable. Cependant, le désordre y régnait partout. Des livres jonchaient les tapis, fauteuils, tables, étagères. Une ribambelle d'ouvrages de toutes tailles, entassée sur le manteau de la cheminée menaçait de s'effondrer. Raphaëlle posa les bûches et contempla, ce méli-mélo, interdite !

– Je suis éditeur, ce qui explique l'abondance des livres ici. Rien n'est encore classé ni rangé, je comptais bien m'y mettre ces jours-ci. Si vous voulez m'aider ce ne sera pas de refus. Ma maison d'édition s'appelle « L'imprévu ». Peut-on dire que c'est de circonstance ?

Malgré un froid pénétrant, Nicolas ouvrit une fenêtre en grand.

– Ça sent le renfermé ici ! Je suis absent toute la semaine, vous savez ! Souvent je dois rester à Paris les week-ends, et mes voisins ont la gentillesse alors de s'occuper de Canaille. L'hiver, je veille à laisser toujours une certaine température pour éviter que les tuyaux ne gèlent. C'est arrivé une fois, une vraie galère ! Depuis je chauffe un peu par nécessité ; l'humidité ne convient pas aux livres ! Vous savez cette chatte, dès que j'arrive, elle débarque. Les chats dit-on, ont un sixième sens, ils sentent les choses... et les gens aussi. Vous semblez lui plaire.

La chatte frôla Raphaëlle. Aussitôt, les poils de la petite bête se hérissèrent, puis elle feula comme devant un ennemi invisible. Finalement, elle alla se coucher dans le coffre à journaux près de l'âtre. Nicolas, occupé à allumer le feu ne s'aperçut de rien. Rapidement des flammes cuivrées jaillirent, embaumant la salle d'une délicieuse odeur de pin brûlé. Pendant qu'il ramassait quelques ouvrages tombés sur le carrelage, Raphaëlle se dirigea d'instinct vers la cuisine.

– Raphaëlle, vous devriez aller voir dans le cellier. Les clefs sont accrochées près de la porte, c'est la plus grosse, celle avec un porte-clés en forme de

bouteille. Il y a tout un tas de trucs dans mon garde-manger pour ne pas mourir de faim, prenez ce qui vous chante, je choisirai le vin.
Raphaëlle pénétra dans une ample pièce badigeonnée de chaux. Deux grands frigos y trônaient, ainsi qu'un congélateur. Elle choisit des pavés de saumon sauvage, une plaquette de beurre au sel de Guérande et un pot de crème fraîche. Elle compléta par des poireaux, un bon kilo de reinettes et de belles poires Williams savamment alignées sur des clayettes de pin blond.
– Enfin, je mangerais un cheval, s'écria Nicolas, quand elle rentra les bras chargés de victuailles. Vous devez être étonnée de voir autant de nourriture dans mes frigos, alors que j'habite ailleurs, mais grâce à Internet je me fais livrer n'importe quoi. Les voisins en qui j'ai toute confiance, rangent tout, c'est génial non ?
– Oui, oui, tout à fait génial, on peut tenir un siège chez vous.
Nicolas ne sembla pas faire attention à l'allusion. Raphaëlle s'enfuit vers la cuisine et ouvrit quelques placards à la recherche d'ustensiles divers.
– Il me faut moins d'une heure, pourrez-vous tenir jusque-là, Nicolas ?
– J'ai un très vieux Porto, vingt ans d'âge pour patienter un peu, je vous en sers un aussi ?
– Avec plaisir, cria Raphaëlle de la cuisine.
On aurait pu penser qu'il s'agissait d'un vieux couple, si ce n'était le vouvoiement. Nicolas se cala dans un fauteuil club, allègrement ravagé par les

griffes acérées de Canaille. Il servit le Porto dans de minuscules verres gravés, cadeau de sa grand-mère maternelle, sortit un bocal d'olives pimentées qu'il disposa dans un ravier.
– C'est prêt, l'apéritif de madame est servi !
– Encore quelques minutes et j'arrive !
Un tintamarre de casseroles résonna, puis une odeur alléchante titilla les narines de Nicolas. Il choisit un CD de Dvorak « Les danses slovaques » qui se mariaient bien avec son humeur enjouée. Il ferma les yeux un instant et entendit Raphaëlle chantonner de la cuisine. Sa voix était pure, juste et elle connaissait la partition par cœur.
– J'arrive, ça va finir de cuire doucement. J'adore cette œuvre, mais je préfère la 9e Symphonie de Dvorak, c'est ma préférée.
Nicolas fut surpris qu'elle prononçât correctement Dvorak, avait-il affaire à une mélomane ?
Raphaëlle s'assit en face de lui, le fixa sans paraître le voir, puis trempa ses lèvres dans le breuvage sombre.
– Divin, ce Porto, dit-elle alors !
D'un geste gracieux, elle dégagea ses cheveux clairs de l'élastique qui les maintenait.
– Je suis heureux que ce breuvage vous plaise. Je l'avais choisi pour des amis portugais en mal de pays. Comme ils ont disparu de la circulation sans crier gare, j'ai gardé le Porto.
Canaille profita d'un moment d'inattention et d'une prompte patte, vola une olive.

– Tu vas comprendre ta douleur, dit Nicolas à la chatte !
Déjà celle-ci se frottait le museau. Ils se mirent à rire en voyant les pitreries et les grimaces de l'animal.

Ils écoutèrent le CD en entier et Raphaëlle déserta un moment le salon. Cinq minutes plus tard elle revint, rayonnante.
– J'ai pensé qu'on serait plus à l'aise dans la cuisine. Venez, dit-elle à Nicolas qui paraissait avoir vu une apparition.

Deux bougies éclairaient une nappe de coton blanc, des morceaux de sopalin pliés en accordéon décoraient les verres ballon, une mise en scène simple et efficace. Le dîner fut somptueux. Nicolas savoura le saumon cuit à point sur fondue de poireaux, arrosé d'une petite sauce à la crème onctueuse et bien relevée. Un crumble cuisait au four exhalant une appétissante odeur de pommes et de cannelle.
– Je me régale. Quel cordon bleu vous faites, c'est parfait ! J'ai dû ramasser un ange cuisinier tombé du ciel.

Nicolas se sentit heureux comme jamais. Que lui arrivait-il ? Il dévisagea cette invitée surprise qui mangeait de si bon appétit face à lui. Il aurait voulu percer le mystère de cette personnalité énigmatique, mais se contenta de soupirer d'aise et de déguster le dessert. Ils finirent le repas en silence. Il était troublé par le regard trop clair de cette inconnue. Puis soudain, se levant de table, il dit :

– Je suis crevé, merci pour ce repas digne d'un chef. Il y a trois chambres à l'étage en plus de la mienne, choisissez celle qui vous plaît, tous les lits sont faits. Bonne nuit Raphaëlle ! Et laissez tout ça en plan, je rangerai demain, c'est bien mon tour, non ?

– Merci de me recevoir, Nicolas, bonne nuit à vous aussi. Pourriez-vous me prêter un tee-shirt ou une vieille chemise pour dormir et… une brosse à dent, si vous avez ?

– Servez-vous dans la salle de bain, fouillez les tiroirs, je vous rapporte un tee-shirt. Allez, viens ma vieille Canaille, on va dormir. Nicolas grimpa lentement les escaliers et la petite chatte lui emboîta le pas.

Malgré la fatigue, Nicolas tarda à trouver le sommeil. Trop de questions le submergeaient et pas une seule réponse ne venait éclaircir cette situation pour le moins ordinaire. Pour une fois dans sa vie, il se sentait bien avec une femme, en osmose, mais qui était cette beauté si mystérieuse, d'où venait-elle ? Profondément ému, il refusa d'y réfléchir davantage et sombra dans des rêves confus. Déjà Canaille ronflait ou ronronnait comme une bienheureuse sur l'autre oreiller. Il regretta que ce ne fût pas Raphaëlle.

Au matin, il fut surpris d'être réveillé par Canaille

qui lui léchait résolument le visage de sa petite langue râpeuse. Une exquise odeur de pain chaud lui chatouilla les narines. Il sauta du lit, dévala l'escalier et découvrit Raphaëlle attablée devant un thé fumant.

– J'ai fait du pain, expliqua-t-elle, bonjour Nicolas, avez-vous bien dormi ? Je vous ai entendu ronfler, mais ça ne me dérange pas.

Nicolas se sentit légèrement gêné par la remarque, mais s'assit en face d'elle sur le banc et se tailla une épaisse tranche d'un pain croustillant et encore chaud.

– Vous vous êtes levée aux aurores, pour faire ça ? dit-il la bouche pleine.

– Je ne dors jamais beaucoup, je suis descendue très tôt et j'ai trouvé cette belle farine de froment, j'ai eu envie de confectionner ce pain. Un cadeau, en quelque sorte pour vous remercier de votre hospitalité ! Quel est le programme aujourd'hui ?

Peu loquace à l'heure du déjeuner, il se reprocha de manquer de courage, et presque à contrecœur, finit par lâcher : on improvisera !

Raphaëlle portait son vieux tee-shirt d'université, un peu mité. Il remarqua la pointe de ses seins tendus sous le mince tissu, en fut excité et ému. Elle feignit de ne pas voir ce regard flou ou fit discrètement semblant d'ignorer son trouble. Aucune provocation pourtant dans son allure. Nicolas rangea son bol dans le lave-vaisselle, la vaisselle du soir avait déjà disparu dans les

placards. Il se sentit honteux, mais ravi.
– Il vous faudrait d'autres chaussures, dit-il détournant les yeux de sa contemplation. Je pensais faire un petit tour dans les vignes mais le temps parait assez humide. Vous aurez bien du mal à marcher dans la boue avec ces chaussures-là : il désigna les escarpins blanc cassé de Raphaëlle. Quant aux fringues, je dois avoir conservé quelques habits de ma sœur au grenier, des trucs qu'elle n'a jamais récupérés. Venez on va jeter un œil.
Elle le suivit de bonne grâce. Ils dénichèrent un pull blanchâtre torsadé, rempli de bouloches, ainsi qu'un jean usé aux coutures orangées des années 70, puis des bottes en caoutchoucs fourrées.
– Parfait, dit-elle et elle disparut pour se changer.
Le pull était trop grand, le jean trop large et elle avait l'air de flotter dans les bottes, mais ne s'en plaignit pas. Même avec ces rebuts, elle paraissait toujours aussi jolie.
– Je suis prête, on peut y aller.
– Hé, il n'y a pas le feu, dit Nicolas, je n'ai pas eu le temps de prendre ma douche.
– Vous la prendrez après la promenade, répondit Raphaëlle d'un ton péremptoire, profitons du soleil, il ne va pas durer.
Nicolas obéit et s'habilla promptement.

Une heure plus tard, ils descendaient les coteaux de Molsheim où un pâle soleil réchauffait les ceps taillés courts. Ils marchèrent deux bonnes heures sans traîner. Un halo ambré baignait la campagne

alsacienne et l'air vif leur piquait les joues. Machinalement, Nicolas avait glissé son bras sous celui de Raphaëlle, un geste simple qui ne parut pas l'offusquer. Il se sentit heureux et en même temps inquiet à l'idée de la perdre bientôt. Il se demanda ce que son frère aurait pensé de lui à cet instant et une larme perla au coin de ses yeux. Il n'osa pas réfléchir à la suite de cette aventure rocambolesque, tant il avait peur que Raphaëlle ne s'évanouisse aussi soudainement qu'elle était apparue.
Dès leur retour, une pluie fine se mit à tomber sans répit. Nicolas se dit qu'ils avaient bien fait de profiter de la matinée.

Ils passèrent la journée et les autres à écouter les meilleurs disques de Nicolas, jouèrent au scrabble, au rummikub, au jeu de l'oie, burent une dizaine de grands crus, confectionnèrent des bugnes, des soupes roboratives, des brioches moelleuses et même une charlotte au chocolat se barbouillant de crème comme des clowns. Raphaëlle n'utilisait aucun livre de cuisine, elle connaissait des tas de recettes et les dosages parfaits. Nicolas se félicita de ses stocks qui furent grandement entamés. Mais c'était fait pour ça.
Une telle complicité les unissait, jamais il n'osa profiter de cette promiscuité. Ce n'étaient que frôlements, caresses éphémères et regards intenses, rien d'autre. Le jour de Noël, ils décorèrent, dans d'immenses fous rires, un thuya rachitique de guir-

landes en papier alu. Nicolas offrit à Raphaëlle une édition originale des « Contes pour enfants pas sages » de Jacques Prévert. Elle le remercia d'un baiser furtif sur les lèvres, aérienne et délicate comme une libellule. Il en éprouva une bouffée de tendresse et voulut la garder dans ses bras, il n'insista pas quand elle s'échappa et disparut vers les étages. Canaille paraissait jalouse et évitait la jeune femme.

Le temps passait si vite. Il ne posa aucune question qui puisse la mettre mal à l'aise. Il se surprit même à prier à haute voix pendant qu'elle occupait la salle d'eau « Mon Dieu, si vous existez, faites que ce ne soit pas un rêve »

Mais vint le moment de partir. Raphaëlle avait nettoyé la cuisine qui rutilait comme jamais. La maison semblait rajeunie, quelques roses rescapées du gel garnissaient des vases improvisés. Les livres avaient rejoint les étagères, serrés et en ordre. Les rideaux paraissaient lumineux et plus une trace de suie ne salissait la cheminée.

Nicolas attendit Raphaëlle dans la voiture, après avoir fermé les volets extérieurs et confié à nouveau Canaille aux voisins charitables. La question se posait maintenant, qu'allait-il faire d'elle ? Il ne pouvait décemment pas l'emmener avec lui, ni lui laisser la maison. Il appela :

– Raphaëlle !

Pas de réponse. Il fit deux fois le tour de la maison, du cellier, fouilla la cabane à outils, rouvrit toutes les portes et la chercha dans chaque pièce une à une. En vain ! Plus de Raphaëlle !

Il remarqua les bottes alignées dans l'entrée, le pull plié sur une chaise, ainsi que le jean lavé qui finissait de sécher près de la cheminée éteinte. Il n'y comprenait rien. Une affreuse migraine commença à lui marteler le sommet du crâne. Il cria de toutes ses forces : Raphaëlle ! Personne !
Il partit demander aux voisins s'ils avaient vu la jeune femme, celle qui l'accompagnait quand il avait ramené le chat. Mais ils dirent n'avoir jamais vu personne d'autre que lui. Il la décrivit : peine perdue. Ces vieux devenaient de plus en plus gâteux.
Il en pleura de désespoir. C'était tellement hallucinant une histoire pareille. Personne ne voudrait le croire quand il raconterait son week-end de Noël à ses amis, d'ailleurs avait-il vraiment envie de raconter une telle aventure ?

Il fallait se résoudre et partir. Il refit le tour du jardin sans conviction, marcha jusqu'à l'extrémité du chemin. Aucune trace, nulle part, de Raphaëlle. Un flot de tristesse l'envahit. Il quitta sa demeure, effondré, pleurant comme un gosse abandonné. Mon pauvre vieux se dit-il, tu vires dans le sentimental, bas de gamme. Quelle misère ! Nicolas abandonna ses recherches et reprit la direction de Paris. De grosses larmes ruisselaient sur ses joues qu'il n'essaya pas de retenir. Il se demanda encore s'il n'avait pas rêvé !

Au détour d'un virage, après plusieurs heures de route, il distingua une voiture blanche garée sur le bas-côté, le coffre avant béant. Un individu s'affairait autour du véhicule et agitait une torche. Le ciel redevenait noir et couvert. Il ralentit, peu enclin à rendre à nouveau service. Il avait perdu assez de temps comme ça. Il eut un choc et n'en crut pas ses yeux. Raphaëlle, c'était bien elle à n'en pas douter, vêtue d'un trench-coat kaki, ses cheveux blonds retenus en chignon, avec de petites lunettes écaille sur le sommet de son nez.

Il s'arrêta, c'était bien elle. Il se dit qu'il avait des hallucinations. Elle le regarda bizarrement, surtout quand il se mit à parler.

– Je me suis fait un sang d'encre. Je vous ai cherchée partout, dit-il. Pourquoi m'avoir quitté comme ça sans dire un mot. Il eut envie de lui poser encore mille questions.

– Pardon ? répondit la femme, interloquée !

La voix semblait différente de celle de Raphaëlle, elle paraissait plus haute et flûtée, avec un accent alsacien prononcé. Il pensa avoir des problèmes d'audition. Il ne comprenait décidément plus rien à rien.

– Vous n'êtes pas Raphaëlle ? dit-il timidement.

– Vous devez vous tromper, monsieur, je me nomme Anne, Anne Pastinel. J'arrive de Strasbourg et je suis tombée en panne sèche. Désolée, pourriez-vous m'aider, je dois acheter un peu d'essence, mais je n'ai même pas un bidon. Encore un cinglé, pensa Anne, c'est bien ma chance !

– Je vous emmène dit Nicolas, peu empressé.
Puis il eut un éclair de génie :
– Vous avez une sœur jumelle, c'est ça !
– Je suis fille unique, monsieur, et si vous ne vous sentez pas bien j'attendrai quelqu'un d'autre pour me dépanner ! dit-elle, d'un ton plutôt irrité.
– Il n'y a pas beaucoup de circulation, vous risquez de vous geler. Alors vous venez ? dit Nicolas, presque à regret.
Dans la voiture, Nicolas expliqua sa méprise :
– Pardonnez-moi, mais vous êtes le portrait craché d'une très chère amie. Elle a disparu si vite ! Je vous dépose au prochain garage ?
Anne haussa les épaules et fit un signe de la tête qui voulait dire, bien obligé.
– Tout le monde a son sosie, dit Anne en arrivant devant le garage, Merci et bonne année quand même. J'espère que vous retrouverez votre amie, cria-t-elle quand la voiture s'éloigna.

Nicolas avait pris soin de noter le numéro d'immatriculation du véhicule. Il téléphona à une connaissance qui travaillait à la préfecture de Police. Celle-ci obtint, à titre exceptionnel et confidentiel, les renseignements qu'il sollicita. La voiture appartenait bien à une certaine Anne Pastinel, musicienne de son état, âgée de 28 ans qui résidait à Colmar. Nicolas ne s'expliquait pas cette méprise. Il raconta néanmoins toute l'histoire à sa mère qui y vit un signe du destin. Il fallait, d'après elle, reprendre contact avec cette personne, même si elle l'envoyait au diable. Que risquait-il ?

Huit années passèrent. Une nuit, alors qu'il voyageait sur cette même route, à peu près à l'endroit où il avait découvert cette femme étrange que malgré tout, il n'oublia jamais, Nicolas, heurta de plein fouet un animal sauvage, sans doute une biche. Il n'eut que le temps d'apercevoir une forme épaisse et floue qui s'enfonça vers les sous-bois. La collision fut brutale. Il dut s'arrêter pour constater l'étendue des dégâts sur sa voiture.
– Mon Dieu ! Tu l'as tuée ! s'écria Anne, en se cramponnant à sa ceinture de sécurité, j'ai eu si peur !
– C'était quoi ce bruit papa, dirent en chœur Raphaëlle et Gabrielle, les jumelles réveillées par le choc.
Nicolas ne voulut pas effrayer les enfants. Ses filles adoraient tellement les animaux qu'elles seraient probablement perturbées et feraient ensuite des cauchemars s'il avouait la vérité. Il dit seulement :
– Ce n'est rien, rien qu'une branche d'arbre qui est tombée sur la voiture. Allez rendormez-vous mes anges. On va repartir tout de suite.
Dans le halo des phares, perplexe, Nicolas se gratta la tête. Il dut se rendre à l'évidence : il ne distingua aucune marque visible d'un choc quelconque sur la carrosserie.

Table des matières

www.ingramcontent.com/pod-product-compliance
Ingram Content Group UK Ltd.
Pitfield, Milton Keynes, MK11 3LW, UK
UKHW021648190726
13853UKWH00001B/134

9 782372 226615